수수께끼보다 재미있는 100대 호기심

차례

지구와 우주

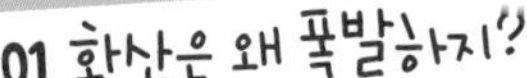

우리 몸

동물

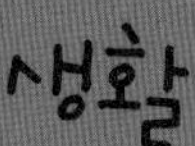

생활

이 책을 꼭 봐야 할 사람

첫째, 어디서 대충 들은 이야기로 아는 척하다가 창피를 당해 본 사람

둘째, 아는 척은 하고 싶은데 정확히 몰라 대화에 끼지 못하는 사람

셋째, 너무 엉뚱한 호기심이라 누구에게도 물을 용기가 나지 않는 사람

넷째, 이것저것 너무 물어봤더니 어른들이 슬슬 피하기 시작하는 사람

경고

✖ 이 책을 읽고 나면 호기심이 더 커질 수 있음.

✖ 이 책을 읽고 나면 아는 척 많이 한다는 얘기를 들을 수 있음.
(사실 아는 척이 아니라 알고 있는 걸 자랑하는 것뿐인데도)

재미있고 도움되는 **별난 호기심, 똑똑한 호기심**과 명쾌한 답을 소개합니다.

★ 똥과 오줌 중에 뭐가 더 더럽게?

똥과 오줌은 같이 만들어져서 물은 오줌, 나머지는 똥으로 나오는 거니까 둘다 똑같이 더러워.

No! 똥과 오줌은 만들어지는 과정이 완전히 달라요. 똥은 우리가 먹은 음식물이 영양분으로 몸에 흡수되고 남은 찌꺼기고, 오줌은 우리 몸에 흡수된 영양분이 피를 통해 온몸으로 전해진 후 생긴 찌꺼기예요. 오줌은 똥보다 땀이랑 더 비슷해요.

★ 코끼리 몸에 있는 세포랑 개미 몸에 있는 세포 중에 뭐가 더 크게?

당연히 코끼리가 몸집이 훨씬 더 크니까 세포도 더 크지.

No! 코끼리와 개미는 몸집은 크게 차이 나지만 세포의 크기는 거의 비슷해요. 몸집이 큰 코끼리가 세포 수가 더 많을 뿐이지요. 우리가 키가 크는 것도 세포가 커지는 것이 아니라, 세포 수가 많아지는 거랍니다.

★ 바닷물은 왜 짠맛이 나는지 아니?

전래동화에 보면 바닷속에 소금을 계속 만들어 내는 맷돌이 빠져 있어서 그렇다던데.

No! 전래동화 속 이야기와는 달리 바닷속에 소금을 만들어 내는 맷돌은 없어요. 바닷물이 짠 이유는…….

이 책에 답이 있어요. 얼른 확인해 보세요. 이 책을 덮을 때에는 지금까지 가졌던 호기심 대신 새로운 호기심이 자리잡게 될 거예요.

지구와 우주

01 화산은 왜 폭발하지?

약 2000년 전, 로마 제국에는 폼페이라는 꽤 발전한 도시가 있었어요. 그런데 어느 날 갑자기 도시 전체가 사라져 버렸어요. 바로 화산 폭발 때문이었지요. 사람들은 화산 폭발이 일어나던 순간의 모습 그대로 화산재에 덮이고 말았어요. 이렇게 무시무시한 화산 폭발은 도대체 왜 일어나는 걸까요?

아주아주 깊은 땅속에는 돌이 녹아 생긴 돌물이 있어요. 매우 뜨겁고 걸쭉하지요. 이것을 '마그마'라고 합니다. 마그마는 두껍고 단단한 바위 아래에서 부글부글 끓고 있다가 작은 틈이 생기면 그곳으로 조금씩 조금씩 올라와 모여요. 그리고 가스와 뜨거운 열기가 가득 차면서 위로 솟구쳐 오르려는 힘이 점점 커지지요. 그러다 땅껍질의 약한 부분을 뚫고 바깥으로 터져 나오게 됩니다. 마치 찌개가 끓어 국물이 냄비 뚜껑 밖으로 흘러넘치는 것처럼요. 이것이 화산 폭발이에요.

마그마는 땅 위로 나오면 그때부터 용암이라고 부릅니다. 뜨거운 용암은 땅 위를 꾸물꾸물 흐르다가 점점 식으면서 딱딱하게 굳지요.

살아 있는 화산, 죽은 화산

지금도 가끔 폭발하는 살아 있는 화산도 있고, 더 이상 폭발하지 않는 죽은 화산도 있어요. 또 지금은 쉬고 있지만 언젠가는 폭발할지도 모르는 화산도 있어요. 우리나라에는 현재 살아 있는 화산은 없지만, 아주 오래전에 폭발한 적이 있는 산은 있어요. 바로 백두산과 한라산이지요.

화산 중에는 용암이 조용히 땅 위로 흘러나오는 경우도 있고, 아주 요란한 폭발이 일어나는 경우도 있어요. 또 용암은 나오지 않고 땅속에 가득 찬 가스만 잔뜩 나오는 경우도 있답니다.

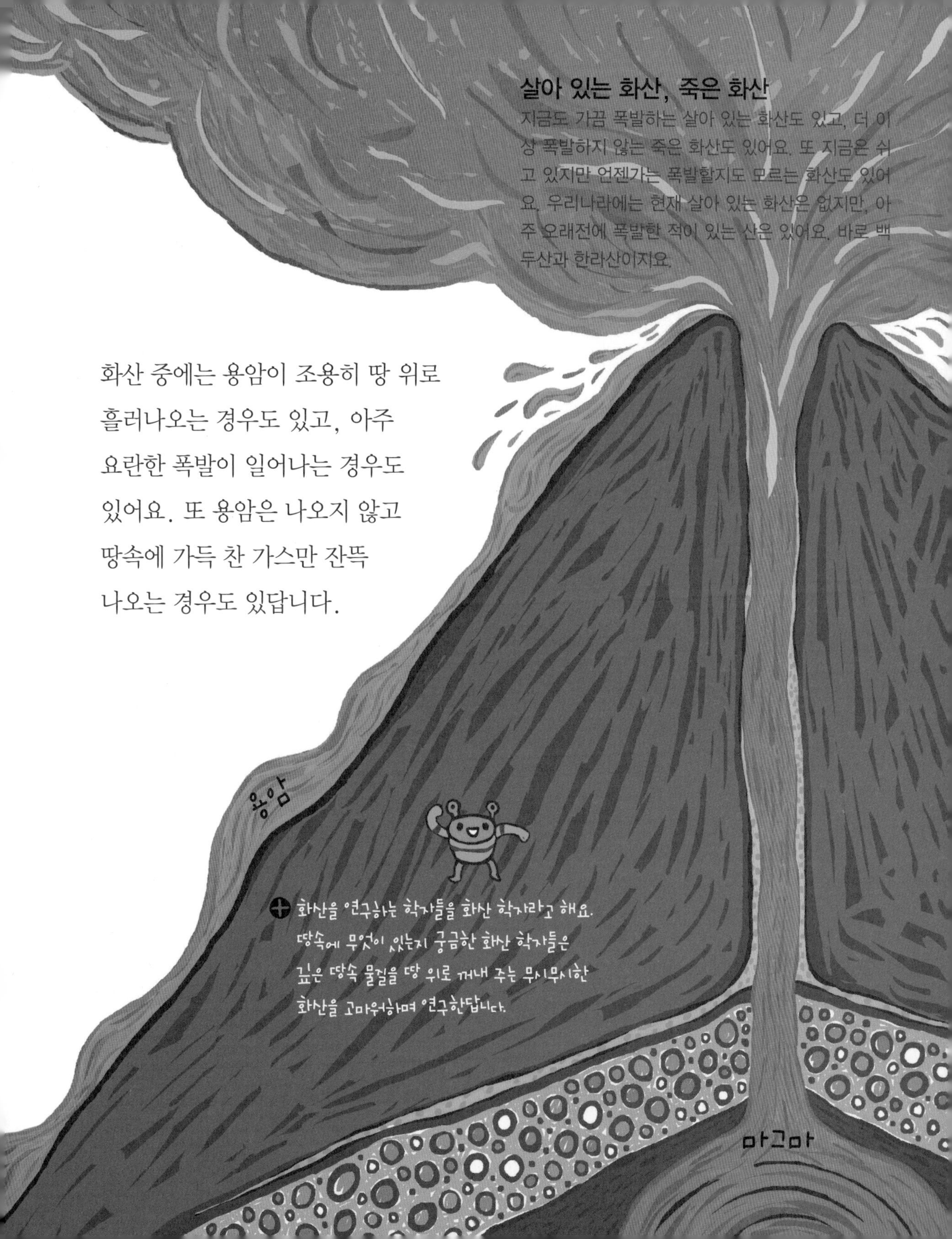

용암

➕ 화산을 연구하는 학자들을 화산 학자라고 해요. 땅속에 무엇이 있는지 궁금한 화산 학자들은 깊은 땅속 물질을 땅 위로 꺼내 주는 무시무시한 화산을 고마워하며 연구한답니다.

마그마

지구와 우주

지진이다!

우리가 밟고 서 있는 땅은 아주 단단해서 땅속 깊은 곳까지 단단한 것으로 채워져 있을 것 같아요. 하지만 우리가 밟고 있는 땅은 여러 조각으로 나뉜 얇은 지구의 겉껍질이에요. 그 아래에는 뜨거운 열에 녹은 끈적끈적한 마그마가 천천히 움직이고 있지요. 마그마의 움직임에 따라 그 위의 땅덩어리들도 조금씩 움직입니다. 어찌 보면 우리가 서 있는 땅은 바다 위에 떠 있는 배와 비슷하지요. 땅덩어리들은 움직이다가 서로 부딪치거나 멀어지기도 합니다. 이 때문에 땅이 흔들리고 갈라지는데 바로 이런 현상을 지진이라고 해요. 해마다 전 세계에서는 100만 번이 넘는 지진이 일어나는데, 대부분은 우리가 미처 느끼지 못하는 사이에 끝나요. 지진이 일어나지 않았으면 좋겠다고 생각하겠지만 가끔은 지구 속에 있는 에너지를 조금씩 빼주는 게 좋아요. 사람이 방귀를 뀌지 않고 참으면 빠져나갈 것이 못 나가고 쌓여 해로운 것처럼, 지구도 가끔씩 지진이 나지 않으면 한 번에 큰 지진이 일어나 더 큰 피해를 입게 돼요. 큰 지진이 일어나면 땅 위의 집들도 덩달아 흔들리고, 유리창이 깨지거나 벽이 갈라지기도 하고, 심하면 아주 큰 건물들이 무너져 수많은 사람이 목숨을 잃기도 한답니다.

바닷속에서 지진이 일어나면?

지진은 바닷속에서도 일어나요. 바닷속 땅이 갈라지고 흔들리면 바닷물의 움직임이 커지면서 엄청난 파도가 육지까지 몰아닥칩니다. 이것을 '쓰나미'라고 해요. 2011년 일본에서 일어난 쓰나미는 해안가 마을을 덮쳐 많은 사람의 목숨을 앗아 갔어요.

지진이 일어나면 어떻게 해야 하나요?

건물 안에 있을 때는 벽 쪽에 붙거나 책상 밑으로 들어가 머리를 보호해야 해요.

밖에서는 물건으로 머리를 보호하고 큰 건물에서 멀리 떨어진 곳으로 가야 해요.

동물은 지진을 미리 알 수 있나요?

큰 지진이 일어나기 전에 두꺼비 떼가 도로를 뒤덮고 이동하거나, 수천 마리의 뱀이 나타나기도 했어요. 또 지진이 시작될 무렵 개나 쥐들이 마구 흥분해서 날뛰는 경우도 있었지요. 그래서 많은 사람들이 동물의 행동으로 지진을 예상합니다. 하지만 아직까지 과학적으로 동물이 지진을 미리 알아내는 능력이 있다는 것이 밝혀지지는 않았어요.

지구와 우주 03

산은 어떻게 생겼을까?

세계에서 가장 높은 산은 인도 북쪽에 있는 히말라야 산맥의 에베레스트 산으로 높이가 8848미터입니다. 우리나라에서 가장 높은 백두산이 2744미터이고, 한라산이 1950미터인 것과 비교해 보면 엄청나게 높지요. 하지만 한라산도 낮은 것은 아니에요. 63빌딩 여덟 개를 위로 쌓아놓은 것과 비슷한 높이거든요.

이렇게 높은 산들은 어떻게 생겨났을까요?

산이 만들어지는 과정과 걸리는 시간은 산마다 각기 달라요. 어떤 산은 어느 날 갑자기 우리 눈앞에 생겨나고, 어떤 산은 우리가 눈치채지 못할 정도로 아주 오랜 시간에 걸쳐 서서히 땅에서 솟아나지요.

백두산과 한라산은 화산 폭발로 생긴 산이에요. 화산이 폭발하면 없던 산이 만들어지기도 하는데, 화산이 폭발할 때 땅속에 있던 용암과 화산 물질들이 밖으로 흘러나와 쌓여서 높은 산이 되는 거예요.

한편, 히말라야 산맥은 땅에서 솟아나 만들어진 산이에요. 아주 옛날 히말라야 산맥이 있던 곳에는 바다를 사이에 두고 떨어져 있는 두 대륙이 있었어요. 이 두 대륙이 부딪치면서 서로서로 밀어내다가 바다 밑의 땅이 조금씩 솟아올라 히말라야 산맥을 만들었지요. 그러니 히말라야 산맥은 아주 옛날에는 바닷속 땅이었던 셈이에요. 히말라야 산맥에서 엉뚱하게도 아주 오래전 조개의 흔적이 발견되는 것도 이 때문이지요.

히말라야 산맥을 만든 두 땅은 지금도 여전히 힘겨루기를 하고 있어요.

덕분에 히말라야 산맥은 아주 조금씩 높아지고 있어 매해 그 높이가 달라지고 있답니다. 히말라야 산맥뿐만 아니라 로키 산맥, 안데스 산맥도 모두 땅이 움직이면서 땅과 땅이 맞부딪쳐서 만들어진 거예요. 지금도 땅은 계속 움직이고 있으니 어쩌면 오랜 시간 뒤에 우리가 서 있는 이곳에도 새로운 산이 생길지 몰라요.

지구와 우주

04 바닷물은 왜 짤까?

옛날 한 도둑이 무엇이든 원하는 것을 만들어 내는 맷돌을 훔친 후 배를 타고 바다로 도망을 갔어요. 바다 한가운데에 이르자, 도둑은 맷돌을 시험해 보려고 당시 귀하던 소금을 만들어 낼 것을 주문했어요. 그러자 맷돌은 끊임없이 소금을 만들어 냈습니다. 하지만 기쁨도 잠시, 도둑은 맷돌을 멈추는 방법을 알지 못해 쩔쩔 맸어요. 결국 배 안에 넘쳐 나는 소금과 함께 바닷속에 가라앉고 말았지요. 그 이후 바닷물은 이 소금 때문에 짠맛이 나게 되었답니다.

누구나 한 번쯤 들어 본 이야기죠? 맞아요. 바닷물이 짠 이유는 소금 때문이에요. 다만 맷돌에서 만들어 낸 소금 때문은 아니지요.

지구가 생겨난 후, 지구에는 아주 오랫동안 많은 비가 내렸어요. 이때 공기 중에 있던 기체 성분이 바다로 녹아 들어갔어요. 또 바닷속에서 화산이 폭발하면서 이 때 나온 물질들도 바다에 녹아 들어갔습니다. 육지에 있던 바위들도 오랜 시간 동안 비바람을 맞아 부서져 바다로 흘러 들어갔지요. 이렇게 바닷물에 녹아든 물질 가운데 가장 많은 것이 바로 소금을 이루는 물질이었어요. 그래서 오늘날의 바닷물이 짠 것입니다.

전 세계 바다에 녹아 있는 전체 소금의 양은 거의 변함이 없어요. 하지만 장소에 따라 짠 정도는 모두 달라요. 비가 많이 오거나 강물이 흘러드는 바다, 추운 곳의 바다는 조금 덜 짜고, 물이 공기 중으로 많이 날아가는 바다는 다른 곳보다 더 짜답니다.

소금
비
앗, 화산이 폭발했다!
짠 물질들이 나오고 있어.
너무 짜다, 짜!
소금
바닷물을 짜게 만들자.
소금

05 지구와 우주 파도는 왜 칠까?

파도는 대부분 바람 때문에 생겨요. 우리가 뜨거운 물을 마실 때 입으로 후 하고 바람을 불면, 컵 안에 조그만 물결이 일지요? 파도가 생기는 것도 이와 마찬가지예요. 바람이 바닷물을 밀어 주어 파도가 치는 거예요. 강한 바람뿐만 아니라 지속적으로 불어오는 약한 바람도 파도를 일으켜요. 처음에는 약하지만 오랫동안 바람이 지속적으로 불어오면 파도가 점점 더 커져요.

바람이 불지 않는 날에도 파도는 쳐요. 파도가 없는 날은 없습니다. 먼 바다 어딘가에서 생긴 파도가 해안가까지 전해져

오기 때문이에요. 폭풍이나 지진, 화산 폭발 같은 것은 보통의 바람이 만들어 내는 파도와는 다른, 엄청나게 큰 파도를 만듭니다. 육지까지 밀려 들어와 집과 건물들을 모조리 부숴 버릴 정도이지요. 이렇게 무시무시한 파도를 '해일'이라고 해요.

지금까지 알려진 가장 큰 해일은 1958년 미국의 알래스카에서 발생한 높이 251미터나 되는 해일이에요. 251미터이면 작은 산만 한 높이니 그 피해를 짐작할 수 있겠지요?

지구와 우주

06 그림자를 떼어낼 수 있을까?

동화 속에서 피터 팬은 그림자를 잃어버렸다가 웬디가 그림자를 꿰매 주어 그림자를 찾았어요. 하지만 그건 동화 속 이야기일 뿐 그림자가 없는 사람은 없어요. 빛이 있는 한 그림자는 항상 나를 따라다니지요.

빛은 똑바로 나아가는 성질이 있어요. 그러다 건물이나 나무 같은 물체에 부딪치면 가로막혀 더 이상 나아갈 수 없게 되지요. 그러면 물체의 뒤쪽에는 빛이 닿지 않는 컴컴한 부분이 생기는데, 이 컴컴한 부분이 바로

재미있는 그림자 놀이

그림자예요. 물체에 가로막혀 생겼으니 그림자는 당연히 그 주인을 닮게 마련이지요.

그림자는 시간에 따라 그 길이가 달라져요. 한낮에는 그림자의 길이가 짧고, 아침과 저녁에는 길어지지요. 한낮에는 태양이 우리의 머리 바로 위에 있어서 그림자가 짧은 것이고, 아침이나 저녁에는 태양이 우리를 옆에서 비추기 때문에 그림자가 길어지는 것이에요.

또 그림자는 빛과의 거리에 따라서도 길이가 달라져요. 가로등이 비치는 밤 거리에 서 봐요. 가로등과 가까울수록 벽에 큰 그림자가 생기고, 가로등과 멀수록 작은 그림자가 생겨요.

빛과의 거리에 따른 그림자 크기

빛과 거리가 가까우면 그림자가 커요.

으하하! 불빛과 가까이 있는 내가 훨씬 크지롱.

빛과 거리가 멀면 그림자가 작아요.

나도 커질 수 있다고!

새

기린

주전자

개

지구와 우주

07 구름을 만지고 싶어

강이나 바닷물에 햇빛이 비치면, 따뜻한 햇빛에 물이 데워져 수증기로 변해요. 수증기는 물이 공기와 같은 상태로 바뀐 것을 말하는데, 아주 작아서 우리 눈에 보이지 않아요. 이 수증기는 우리 주위를 둥둥 떠다니다가 따뜻한 공기와 함께 하늘로 높이높이 올라간답니다. 이렇게 위로 높이 올라가다 보면 조금씩 추워져요. 그래서 수증기는 다시 물방울이나 얼음 알갱이로 변하지요. 이런 물방울이나 얼음 알갱이가 하늘에 떠 있다가 한데 뭉치면 구름을 만들어요. 공기가 산을 타고 올라가다가 추워지면서 구름을 만들기도 하지요.

구름은 아주 작은 물방울이나 얼음 알갱이로 이루어져 있어 손으로 만져 봐도 아무 느낌이 없고, 꽉 쥘 수도 없지요.

구름은 높이와 모양에 따라 여러 가지 이름을 가지고 있어요. 높은 곳에 있는 구름을 상층운, 아래로 내려올수록 중층운, 하층운이라 부르지요. 공기가 위로 올라가려는 의지가 약할 때는 옆으로 퍼진 모양의 구름이 생기는데 이를 층운이라고 해요. 또 위로 올라가려는 의지가 강할 때는 아래에서 위로 쌓이는 키가 큰 적운이 생겨요. 모양에 따라 뭉게구름, 양떼구름, 새털구름, 비늘구름이라고 이름을 붙이기도 하지요.

08 지구와 우주 비와 눈은 왜 내릴까?

비나 눈이 내리려면 구름이 있어야 해요. 구름은 아주 작은 물방울과 작은 얼음 알갱이로 이루어져 있어요. 그런데 물방울이 많아지면 작은 얼음 알갱이에 물방울이 계속 달라붙어 더욱 큰 얼음을 만들어요. 그러다가 무거워져 더 이상 떠 있을 수 없으면 결국 땅으로 떨어지지요. 떨어지는 얼음 알갱이가 녹으면 비가, 녹지 않고 그냥 내리면 눈이 되는 거예요.

그런데 간혹 비도 눈도 아닌 얼음 알갱이가 쏟아질 때가 있어요. 이것을 우박이라고 하는데, 내리던 비가 위로

부는 바람 때문에 하늘로 휩쓸려 올라가서 얼음 알갱이가 되어 내리는 거지요.

이렇게 하늘에서 떨어져 내린 비나 눈, 우박은 모두 땅속으로, 강으로, 바다로 흘러가요. 그리고 햇빛에 데워져 다시 수증기로 바뀌고, 수증기는 하늘로 올라가 구름을 만들고, 구름은 무거워지면 땅으로 떨어지지요. 이처럼 물은 쉼 없이 하늘과 땅, 바다를 여행하고 있답니다.

09 지구와 우주 무지개를 보고 싶다면

우리 눈에는 햇빛이 하얀색, 곧 투명한 색으로 보이지만, 실제로 햇빛은 빨주노초파남보의 일곱 가지 색이 합쳐져 있어요. 빛은 여러 가지 색을 섞으면 섞을수록 하얀색, 정확히 말하면 투명해지기 때문에 햇빛이 하얗게 보이는 것뿐이지요.

햇빛을 프리즘에 통과시켜 보면 이를 확인할 수 있어요. 프리즘은 빛이 들어오면 방향이 꺾여져 나가도록 하는 유리 장치인데, 여러 색깔의 빛은 제각기 프리즘에서 꺾여 나가는 정도가 달라요. 그래서 햇빛이 프리즘을 통과하면 화려한 일곱 빛깔이 나타난답니다.

무지개도 같은 원리로 생기는 거예요. 비가 온 뒤에는 대기 중에 작은 물방울이 많이 있는데, 이 물방울들이 모두 작은 프리즘과 같은 역할을 해요. 햇빛이 이 물방울을 통과하면 프리즘을 통과했을 때처럼 일곱 빛깔로 나뉘어져 무지개가 나타나는 거랍니다.

이처럼 무지개는 하늘에 물방울이 많이 떠 있을 때 생겨요. 비가 내린 다음 날이나 폭포 근처에 무지개가 잘 생기는 이유도 바로 이 때문이지요.

지구와 우주

10 번개와 천둥의 경주

맑은 하늘에 갑자기 시커먼 먹구름이 몰려오고, 번쩍하며 하늘이 갈라질 듯 번개가 치는 날이 있어요. 성난 듯 우르르 쾅쾅 천둥소리까지 울려 퍼지지요. 번개와 천둥이 만들어 내는 빛과 소리는 무섭게 느껴지기도 해요. 특히 무언가 잘못한 날에는 말이죠.

번개는 대기 중에 전기가 흐르는 현상인데 우리 눈에는 번쩍이는 빛으로 보여요. 그래서 번개를 맞으면 전기에 감전되는 것과 같은 결과가 생기니 조심해야 합니다. 전기는 먹구름 속에 있는 작은 물방울과 얼음 알갱이들이 활발하게 움직이면서 서로 부딪쳐 발생해요. 그리고 같은 성질의 전기를 띤 것끼리 모여 구름 위아래로 나뉘는데 구름 위쪽에는 양(+)전기를 가진 물방울과 얼음 알갱이들이, 아래쪽에는 음(−)전기를 가진 물방울과 얼음 알갱이들이 모여들지요. 그러다 어느 순간 전기를 한꺼번에 공기 중에 쏟아냅니다. 그러면 주변의 공기는 엄청나게 뜨거워져요. 엄청나게 높은 열 때문에 '번쩍' 하고 번개가 치는 거예요. 그리고 갑자기 뜨거워진 공기는 부피가 급격하게 부풀어 올라 그 옆에 있던 공기와 크게 부딪치게 됩니다. 그때 '우르르 쾅쾅' 하는 큰 소리가 나는 천둥이 치는 것이지요.

번개가 친 후 조금 있다가 천둥소리가 나는 것은 번개는 빛이고, 천둥은 소리이기 때문이에요. 빛과 소리는 달리기 경주를 하면 빛이 훨씬 빠르거든요.

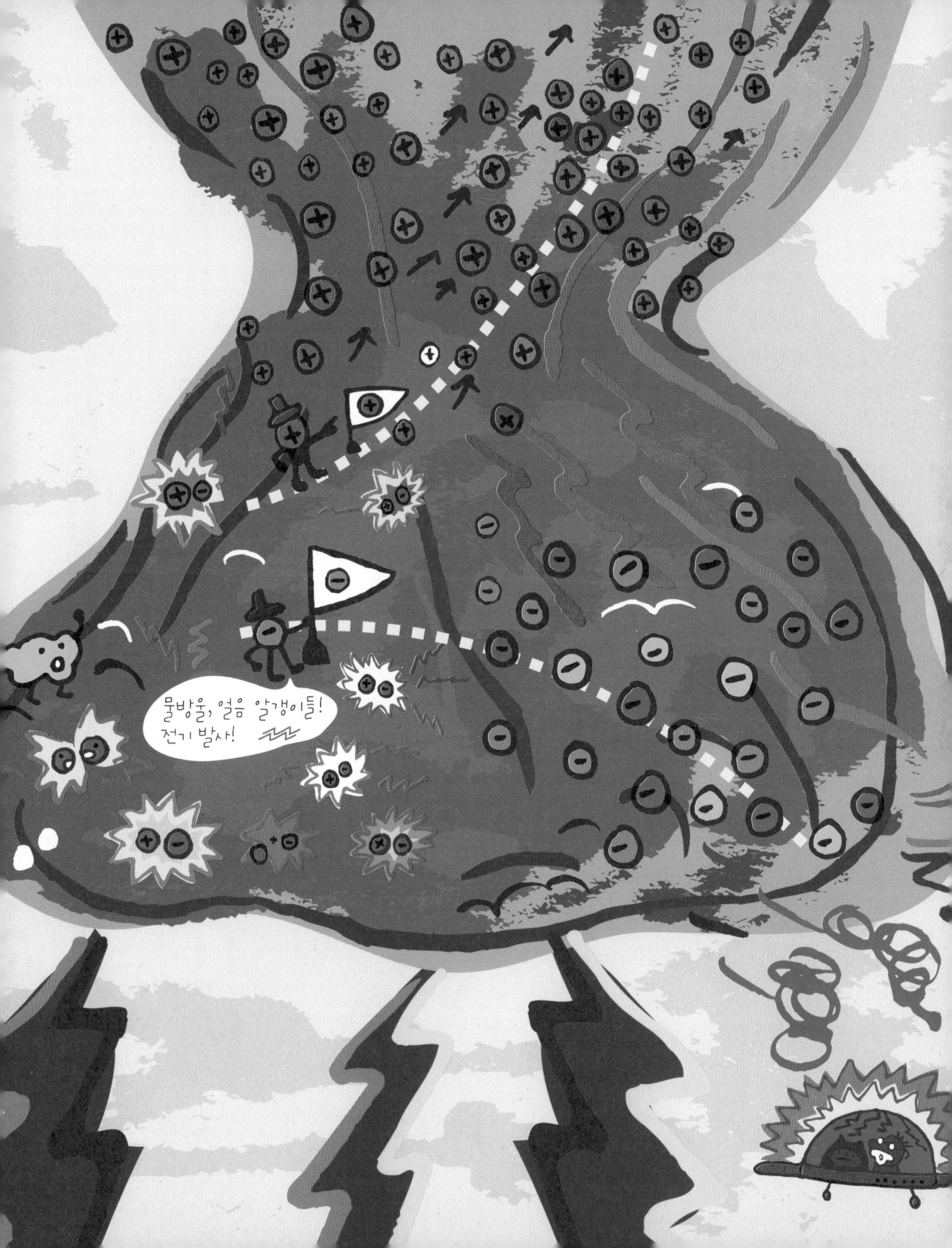
물방울, 얼음 알갱이들!
전기 발사!

지구와 우주

11 날씨를 미리 알려면?

옛날 사람들은 하늘을 보고 날씨를 예측했어요. 또 동물의 움직임으로 날씨를 예측하기도 했지요. "청개구리가 울면 비가 온다." "개미가 줄지어 지나가면 비가 온다." 같이 동물이 등장하는 날씨 속담이 많은 것도 그 때문입니다. 실제로 개구리는 공기 속에 있는 축축한 기운을 잘 느끼고, 개미도 더듬이와 몸에 있는 아주 가느다란 털로 축축한 기운을 느낀답니다.

오늘날은 기상청에서 날씨를 알려 주지요. 날씨를 미리 알려 주는 것을 '일기 예보'라고 해요.

기상청에서는 바람과 구름의 움직임, 여러 지역의 온도 등을 조사하고 연구해서 날씨를 알려 줍니다. 전국에 있는 기상 관측소에서 여러 지역에 대한 정보를 보내오고, 하늘 높은 곳에서는 지구 둘레를 빙글빙글 돌고 있는 인공위성이 구름 사진을 찍어서 계속 보내 주지요. 그러면 구름의 움직임을 알 수 있거든요.

기상청에서는 이런 정보를 가지고 날씨 지도를 만들어요. 이것이 매일 날씨 뉴스에 등장하는 일기도입니다.

하지만 이렇게 완성된 일기 예보도 가끔 틀려요. 날씨는 공기의 움직임에 따라 달라지는데 예상과는 다르게 움직이는 경우가 종종 있거든요.

그래도 슈퍼 컴퓨터 같은 장비를 이용해서 정보를 더 정확하게 분석하려고 노력하고 있으니 일기 예보가 딱 맞는 날이 곧 올 거예요.

지구와 우주

바람은 왜 불까? 12

바람이 불면 머리카락이 날리고 심하면 모자가 날아가기도 해요. 바람 때문에 깃발이 펄럭이고, 꽃 냄새도 널리 퍼지지요. 굴뚝에서 나오는 연기가 움직이는 것도 바람 때문이에요.

바람은 공기의 흐름을 말해요. 눈에 보이지 않는 공기가 물처럼 흘러가는 것이지요. 그러면 공기는 왜 움직이는 걸까요?

햇빛은 모든 곳을 똑같이 비춰 주지 못하기 때문에 햇빛을 잘 받아 따뜻한 곳이 있는가 하면, 햇빛을 덜 받아 추운 곳도 있어요. 또 햇빛을 받는 양은 비슷해도 열을 잘 간직하는 곳이 있는가 하면, 열을 잘 간직하지 못하는 곳도 있어요. 그래서 곳곳에 따라 기온이 달라요.

공기의 움직임

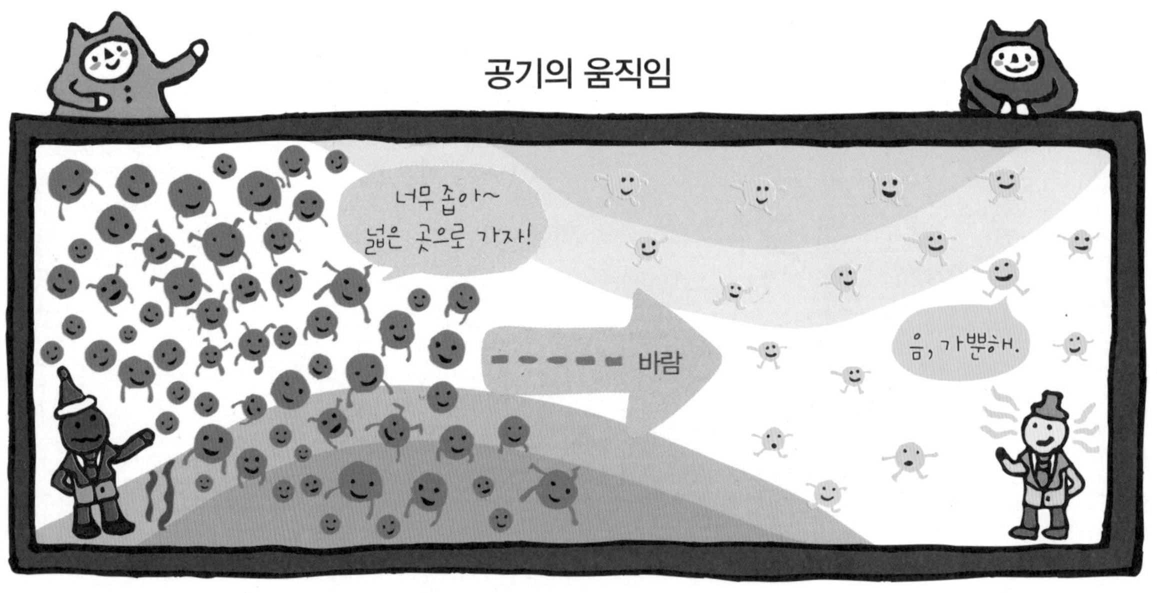

햇빛을 잘 받아 따뜻해진 공기는 가벼워서 위로 올라가요. 그러면 따뜻한 공기가 있던 자리를 채우기 위해 차가운 공기가 움직입니다. 즉 공기가 많은 곳에서 적은 곳으로 움직이는 것이지요. 이것이 바람이에요.

여름에 바닷가에 가면 시원한 바닷바람이 부는 것도 이와 같은 이유예요. 뜨거운 태양이 내리쬐는 여름, 바닷가 모래사장은 발 디디기가 힘들 정도로 뜨겁지만 바닷물은 시원해요. 햇빛에 뜨거워진 모래사장 위의 공기는 위로 올라가겠죠? 그러면 이를 채우러 바다 쪽의 차가운 공기가 몰려와요. 그래서 시원한 바닷바람이 부는 것이지요.

한낮, 시원한 바닷바람은 왜 불까?

지구와 우주

13 태풍은 어디에서 시작될까?

태풍은 아주 강한 바람이라는 뜻이에요. 빠르게 움직이는 태풍은 큰 나무도 뿌리째 뽑아 버릴 정도이지요.

태풍이 무서운 건 강한 바람 때문만은 아니에요. 엄청난 비구름을 몰고 와 많은 비를 뿌려요. 강물이 넘쳐나고, 산에 있는 흙과 바위가 쓸려 내려와 산사태가 일어나기도 하지요. 태풍의 힘이 이렇게 강한 이유는 무엇일까요?

태풍은 강렬한 태양이 내리쬐는 따뜻한 바다가 고향이에요. 따뜻한 바다 위, 물기를 한껏 머금은 공기는 뜨거운 태양열을 받아 위로 위로 올라가 구름을 만들지요. 물기도 많고 태양열도 뜨거우니 이런 일은 계속 반복돼 강력한 구름이 생겨납니다. 그리고 구름은 위쪽 지방으로 이동하면서 지구 자전 운동으로 빙그르르 도는 힘이 더해져 더욱 큰 공기의 소용돌이를 만들지요.

태풍에도 눈이 달려 있나요?

지구 밖에서 보면 태풍은 꼭 커피잔 위에 떠 있는 크림 같아요. 가운데에 구멍이 뻥 뚫려 있는데 이것을 '태풍의 눈'이라고 해요.
태풍의 눈에서는 바람도 구름도 거의 없어 맑게 갠 하늘을 볼 수 있답니다.

그러면 더욱 더 센 바람, 즉 태풍으로 자라게 되어 강한 바람과 엄청난 양의 비를 뿌리게 됩니다.

태풍은 우리나라나 중국, 일본에서 부르는 이름이고, 발생하는 지역에 따라 다르게 불러요.

인도에서는 사이클론, 오스트레일리아에서는 윌리윌리, 미국에서는 허리케인이라고 부르지요.

14 지구와 우주 가장 더운 곳과 가장 추운 곳은?

세계에서 가장 추운 곳은 남극이에요. 남극은 온통 차가운 눈과 얼음으로 뒤덮여 있고, 1년 내내 찬 바람이 쌩쌩 불지요. 가장 더울 때라도 기온은 얼음이 꽁꽁 어는 0도 정도랍니다. 남극의 기온은 보통 영하 60도 밑으로 떨어지고, 어떤 날은 무려 영하 89.2도까지 떨어진 적도 있다고 해요. 이렇게 춥기 때문에 사람은 물론이고 동물과 식물도 살기 쉽지 않아요. 북극 역시 1년 내내 춥긴 하지만 남극보다는 조금 나은 편이에요.

북극에서는 여름 동안 눈과 얼음이 녹아 땅이 드러나기도 하고, 에스키모 인들이 바다표범 등을 잡으며 생활하고 있지요.

남극과 북극

비슷해 보이지만 남극과 북극의 얼음은 달라요. 남극은 대륙으로 이곳의 얼음은 오랫동안 눈이 쌓여서 두껍게 굳어진 거예요. 반면 북극은 대륙과 대륙 사이에 있는 넓은 바다로 이곳의 얼음은 바닷물이 얼어서 생긴 것입니다.

세계에서 제일 더운 곳은 지구의 허리에서 약간 위쪽에 자리 잡은 북아프리카와 중동의 사막 지역이랍니다. 이집트의 사하라 사막은 보통 때 낮의 온도가 50도가 넘는다고 해요. 이곳이 이렇게 뜨거운 이유는 태양을 가장 많이 받는 위치에 있는 데다 모래로 되어 있기 때문이에요. 여름에 바닷가에 놀러 갔을 때를 생각해 보세요. 한낮의 모래사장과 바다 중 모래사장이 훨씬 뜨겁죠? 사막이 뜨거운 것도 이와 같아요.

사막에는 비가 잘 내리지 않고, 뜨거운 햇볕이 온종일 내리쬐기 때문에 생명이 살기 쉽지 않아요.

사막에서 사는 동물들

모든 것이 메마른 사막에도 꽤 많은 동물이 살고 있어요. 오랫동안 물을 마시지 않고도 잘 견디는 낙타와 전갈, 사막여우, 도마뱀을 볼 수 있지요. 아무리 모래뿐인 사막이라도 약간의 풀과 나무, 물이 있는 오아시스가 있어서 이런 동물들이 살 수 있는 거예요.

15 지구와 우주
지구가 따뜻해지고 있다

태양은 매일 지구를 따뜻하게 비춰 주고 있어요. 매일 따뜻하게 비춰 주니 지구가 점점 뜨거워질 것 같지만 다행히 그렇지는 않아요. 지구도 태양에서 받은 만큼 공기 중으로 열을 내놓거든요.

그런데 요즘에는 문제가 생겼어요. 지구가 내놓는 열이 지구 밖으로 나가지 못해 지구의 온도가 조금씩 높아지고 있는 거예요. 이러한 현상을 '지구 온난화'라고 합니다.

지구 온난화는 남극과 북극의 얼음을 녹이고 있어요. 북극곰은 서 있을 곳이 점점 좁아지고, 얼음이 녹아 바닷물로 흘러간 탓에 바닷물은 점점 많아지고 있어요. 낮은 곳은 바닷물에 잠기고 있지요. 또 세계 곳곳에서 종종 평소와 다른 날씨가 나타나고 있습니다.

지구 온난화는 우리가 너무 편하게 생활하려고 하기 때문에 생긴 현상이에요.

우리는 편리한 생활을 하기 위해 석유와 석탄을 이용해요. 자동차를 타는 데에도, 겨울을 따뜻하게 보내기 위해서도 석유와 석탄을 태우지요.

그런데 이들 연료를 태우면 '이산화탄소(CO_2)'라는 물질이 만들어져요.

이산화탄소는 우리가 숨 쉬는 공기 속에도 조금 섞여 있지만, 너무 많아지면 여러 가지 나쁜 일을 만들어요.

이산화탄소는 하늘 저 높은 곳으로 올라가서 지구를 덮어 버려요. 태양열은 그대로 지구로 들어오게 하고 지구에서 받아들이지만, 열이 나가는 것은 막아 버리지요. 그러면 지구는 비닐하우스에 갇힌 것처럼 점점 더 후끈후끈해지는 거랍니다.

지구는 약간
기울어져 있단다.
23.5도
북
남
지구
태양
북쪽은
여름이에요.
북쪽은
봄이에요.
지구가 태양 주위를 1년에
한 바퀴씩 돌고 있어.
북쪽은
겨울이에요.
북쪽은
가을이에요.

지구와 우주

16 계절이 생기는 이유

지구는 하루에 한 바퀴씩 스스로 빙그르르 도는 자전을 해요. 또 태양 주위를 1년에 한 바퀴씩 도는 공전도 하지요. 그런데 똑바로 도는 것이 아니라, 자전축이 오른쪽으로 23.5도 기울어져서 돌고 있어요. 이렇게 기울어져 돌다 보니 지구상 한 장소라도 햇빛을 받는 양이 계속 달라져요. 태양이 지구의 남쪽을 더 많이 비출 때도 있고 북쪽을 더 많이 비출 때도 있거든요.

우리나라는 지구를 가로로 잘랐을 때 더 위쪽, 그러니까 북쪽에 위치하고 있어요. 그래서 태양이 지구의 북쪽 부분을 많이 비추면 우리나라가 속해 있는 지구 북쪽은 여름이 되고, 지구 남쪽은 겨울이 되지요.

반대로 태양이 지구의 남쪽 부분을 많이 비추면 지구의 남쪽은 무더운 여름이 되고, 우리나라를 비롯한 지구의 북쪽은 햇빛을 받는 양이 줄어들어 추운 겨울이 됩니다.

이렇게 봄, 여름, 가을, 겨울 사계절이 생기는 이유는 지구가 23.5도로 기울어진 채 태양 주위를 돌고 있기 때문이랍니다.

+ 지구 아래쪽 남극에도 사계절이 있어요. 하지만 남극은 겨울이 가장 길고 아주 추워요. 1년의 절반 정도인 6개월 동안 겨울이 계속되며, 밤의 길이도 매우 길어요.

지구와 우주

반갑지 않은 손님, 황사 17

봄이 되면 이따금 하늘이 온통 뿌옇고, 자동차며 길 위에 황토 먼지가 잔뜩 덮일 때가 있어요. 얼룩덜룩해진 유리창에는 손가락으로 글씨를 쓸 수 있을 정도이지요. 태양 빛이 가려져 한낮에도 저녁처럼 어슴푸레합니다. 바로 봄철에 찾아오는 황사 때문이에요. 황사는 중국에서 우리나라 쪽으로 아주 작은 모래 먼지가 날아오는 거예요. 중국과 몽골에는 아주 넓은 사막이 여러 군데 있어요. 이들 사막은 해마다 그 면적이 더 넓어지고 있어요. 사막을 모두 합치면 우리나라보다도 훨씬 넓지요.

사막의 땅은 겨울에는 단단하게 얼어붙었다가 봄이 되면 녹아서 잘게 부서져 아주 작은 모래 먼지를 만들어 내요. 이 모래 먼지가 봄철에 서쪽에서 동쪽으로 부는 강한 바람을 타고 우리나라까지 날아오는 거예요. 황사가 우리나라까지 날아오는 데는 보통 2~3일쯤 걸려요. 우리나라를 지나 일본 그리고 까마득히 넓은 태평양을 건너서 미국까지 날아갈 때도 있지요.

황사가 일어날 때는 될 수 있으면 바깥으로 나가지 않는 것이 좋아요. 황사는 너무나 작아서 코와 입을 통해 우리 몸속으로 쉽게 들어가고, 나쁜 물질들이 섞여 있기 때문에 여러 가지 병을 일으킬 수 있답니다.

➕ 황사는 날이 갈수록 심해지고 있어요. 그 이유는 중국에 있는 사막이 자꾸 넓어지기 때문이에요. 중국에 공장이 늘어나고 환경이 오염되면서, 해마다 서울의 4~5배쯤 되는 넓이의 땅이 사막으로 변하고 있어요.

지구와 우주

18 꽃샘추위? 열대야?

옷깃을 여미게 하는 겨울 매서운 바람이 지나고 나면 어느새 봄 햇볕에 따스해진 바람이 불어와요. 사람들은 성큼 다가온 봄을 기다리며 꽃봉오리가 꽃망울 터뜨리기를 기대하지요.

힘이 약해져 저 멀리 가던 겨울은 사람들의 이런 모습에 화가 납니다. 그래서 가던 길을 멈추고 뒤돌아서서 한 번 더 힘을 내 찬 바람을 내뿜어요. 그러면 봄을 기다리던 사람들은 화들짝 놀라지요.

이것이 꽃샘추위랍니다. 겨울이 지나고 봄이 올 무렵에 닥치는 잠깐 동안의 추위예요. 꽃샘추위가 몰아닥치면 막 피어나려던 꽃봉오리에 하얀 눈이 덮이기도 합니다.

봄이 지나 여름이 오면 뜨거운 태양을 피해 그늘을 찾게 되고, 해가 지는 밤이 되기를 기다려요. 햇볕이 없으면 온도가 내려가 시원해지니까요. 하지만 장마철이 지나고 남쪽 바다에서 무더운 공기가 몰려와 우리나라를 덮으면, 밤이 되어도 시원하지 않아요. 이 공기 덩어리는 뜨거운 데다가 수증기가 많이 들어 있어서 밤에도 온도가 별로 내려가지 않거든요. 더군다나 낮에 뜨겁게 달구어진 땅의 열도 식지 않아서 후끈후끈 열기를 내고요. 그러니 한밤중에도 낮처럼 무더워요. 밤의 기온이 25도 아래로 내려가지 않는 이런 밤을 열대 지방처럼 덥다고 해서 '열대야'라고 부른답니다.

➕ 열대야는 시골보다 도시가 더 심해요. 도시에는 콘크리트 건물과 아스팔트가 많아서 태양열을 더 잘 간직하는 데다가 에어컨이나 자동차에서 뿜어내는 열기도 시골보다 더 많기 때문이에요.

지구와 우주

19 둥근 지구에서 떨어지지 않기

지구는 축구공처럼 둥글어요. 그래서 우주 어느 공간에서 지구를 바라보면 어떤 사람은 똑바로 서 있고, 어떤 사람은 벽면을 걷듯이 옆으로 서 있고 또 어떤 사람은 거꾸로 서 있는 것처럼 보일 거예요.

게다가 지구는 엄청난 운동을 하고 있어요. 하루에 한 바퀴씩 스스로 빙그르르 돌면서, 1년에 한 바퀴씩 태양 주위를 돌고 있거든요. 그것도 우리가 상상하는 것보다 훨씬 빠른 속도로 돌고 있지요.

그런데도 지구에서 떨어져 나가는 사람은 아무도 없어요. 지구 안에서 보이지 않는 손이 나와 우리를 붙잡고 있는 게 아닐까요?

맞아요. 지구에는 '중력'이라는 놀라운 힘이 있어요.

중력은 지구에 있는 모든 물체를 지구 중심으로 끌어당기지요. 이 중력 덕분에 우리는 우주 어느 곳으로도 떨어지지 않고 서 있을 수 있고, 우리가 숨을 쉬는 데 필요한 공기도 지구 밖으로 달아나지 못하고 지구 가까이에 붙잡혀 있어요.

중력은 이처럼 우리가 지구에서 살 수 있는 가장 기본적인 환경을 만들어 주고 있답니다.

우주에는 중력이 없어.
우주에는 중력이 없어요. 우주선의 우주인이 수영을 하는 것처럼 둥둥 떠다니는 것도 우주선 안에 중력이 작용하지 않아 일어나는 현상이에요. 이 상태를 '무중력 상태'라고 해요.
물이
떨어져.
맑은 공기가 있어 참 좋다!
중력
지구 중심에서 물체를 끌어당기는 힘

20 지구와 우주

밤하늘의 별이 반짝거리는 이유

사람들은 아주 오래전부터 하늘의 별에 관심이 많았어요. 밤하늘에 반짝이는 별을 보며 소원을 빌기도 하고, 별자리를 보며 미래를 점치기도 했지요. 별은 매일 볼 수 있다 보니 별로 멀리 있다고 느끼지 않았어요. 하지만 태양과 달, 별은 모두 아주 멀리 떨어져 있어요. 우리 지구와 가장 가까운 달만 해도 지구 둘레를 아홉 바퀴 반쯤 돌아야 갈 수 있는 거리이고, 별은 이보다 100만 배는 더 멀리 떨어져 있어요. 그래서 별빛이 우리 눈까지 닿으려면 오랫동안 우주를 날아와야 해요. 보통 몇백 년, 몇천 년씩 우주를 날아온답니다.

별은 스스로 빛을 내지만 실제로 반짝거리지는 않아요. 지구까지 먼 거리를 날아온 별빛은 지구 가까이에 이르러 지구의 공기를 만나면서 흔들리게 됩니다. 보이지는 않지만 공기는 늘 움직이고 있기 때문에 별빛도 공기에 따라 이리저리 흔들리는 거예요. 이것이 우리 눈에 반짝이는 것처럼 보이는 거랍니다.

그래서 달이나 우주 공간에서 별을 보면 절대 반짝거리지 않아요. 달에는 지구와 달리 공기가 없거든요. 만약 우리가 달에서 산다면 '반짝반짝 작은 별~' 노래의 가사는 바뀌어야 할 거예요.

➕ 별은 스스로 빛을 내요. 태양도 별이에요. 하지만 달은 별이 아니에요. 달은 스스로 빛을 내서 밝게 빛나는 것이 아니라 조명처럼 태양 빛이 비쳐 밝게 보이는 거랍니다.

지구와 우주

21 태양과 별은 왜 같이 볼 수 없을까?

지구는 둥글고 태양은 하나뿐이어서 지구의 한쪽이 태양을 바라보면, 반대쪽은 태양을 볼 수 없어요. 태양을 바라보는 쪽은 낮, 태양을 볼 수 없는 쪽은 밤이 되는 거지요. 반면 별은 사방에 수없이 많아요. 지구 어느 곳의 하늘에도 항상 별이 있지요. 그런데도 낮에 별을 볼 수 없는 건, 바로 태양 때문이에요.

태양이 굉장히 밝은 빛을 뿜어내고 있어서 별빛이 태양 빛에 가려 보이지 않는 거랍니다. 사실 우주에는 태양보다 밝은 빛을 내는 별이 많아요. 그런데도 별들이 태양보다 밝게 보이지 않는 것은 태양보다 지구에서 훨씬 멀리 떨어져 있기 때문이에요. 아무리 밝은 빛도 멀리 있으면 가까이 있는 촛불보다 약하게 보이는 것과 같지요.

지구와 우주

매일 모양이 바뀌는 달 22

밤하늘의 달을 관찰해 보면 약 한 달 동안 매일 모양이 바뀌는 것을 알 수 있어요. 날씬한 초승달이었다가 조금씩 커져 동그란 보름달이 되었다가, 어느새 날렵한 그믐달이 되지요.

달은 한 달 동안 지구 주위를 한 바퀴 돌아요. 그래서 태양, 지구, 달의 위치가 매일 바뀌지요. 그런데 달은 스스로 빛을 내지 못해서 태양 빛을 받는 쪽만 밝게 보여요. 그러니 지구에서 볼 때 달의 모양이 매일 달라 보이는 거예요.

달이 지구와 태양 사이에 있을 때, 그러니까 지구-달-태양 순으로 늘어섰을 때를 생각해 보세요. 태양은 지구에서 보이는 달의 반대편을 비추겠죠? 그러면 지구에서는 달의 밝은 부분이 보이지 않아요.

하지만 달이 지구를 가운데 두고 태양 반대쪽에 가서 달-지구-태양 순으로 늘어서면, 태양은 지구에서 보이는 달의 면 전체를 비추게 되어 지구에서 둥그런 보름달을 볼 수 있습니다.

또 지구를 중심으로 태양과 달이 직각으로 있으면, 지구에서는 달이 반 정도밖에 보이지 않아요. 우리 눈에 오른쪽이 둥근 반달일 때를 상현달, 왼쪽이 둥근 반달일 때를 하현달이라고 하지요.

⊕ 보름달이 뜨면 달력을 보지 않아도 음력 15일경임을 알 수 있어요. 일반 달력을 보면 날짜 아래에 작은 글씨로 새로운 날짜가 쓰여 있는데 이것이 음력이에요.

달
달이 조금씩 커져.
-지구-태양 순으로 있으면 보름달이야.
상현달(반달)
초승달
삭
지구
태양
보름달
달은 태양과 지구 사이에 있으면 거의 안 보여.
하현달(반달)
그믐달
지구에서 보면 왼쪽이 둥근 반달로 보여.
나도 빛나고 싶어.

지구와 우주

23 달은 늘 따라다녀

차를 타고 도로를 빠른 속도로 달리면 가까이 있는 가로수들이 빠르게 뒤로 사라져 버리는 것처럼 느껴져요. 저 멀리 보이는 마을도 어느새 우리 눈에서 사라지고요. 하지만 멀리 있는 마을은 가까운 곳에 있는 가로수보다 좀 더 오래 보이다가 사라지지요.

마을 뒤의 더 멀리 떨어져 있는 산들은 어떤가요? 가로수들이 수도 없이 쉭쉭 사라지고, 가로수보다 멀리 있는 마을이 사라진 다음, 산은 꽤 오랫동안 보이다가 천천히 멀어지지요.

이처럼 달리고 있는 차와 가까운 물체는 눈에서 빨리 사라지고, 멀리 있는 물체는 천천히 사라진답니다.

자, 그럼 이제 달을 한번 생각해 볼까요? 달은 우리가 살고 있는 지구에서 아주 멀리 떨어져 있어요. 그래서 자동차를 타고 아무리 빨리 달려도 달은 우리에게서 멀어지지 않고, 항상 그 자리에 있는 것처럼 보여요. 빨리 달려도 달이 그 자리에 계속 있으니까 마치 우리를 따라오는 것처럼 느끼게 되지요. 달뿐만 아니라 태양도 마찬가지예요. 제아무리 빠른 자동차나 기차, 비행기를 타고 달려도 태양은 멀어지기는커녕 그 자리에 그대로 있어 꼭 우리를 따라오는 것처럼 보인답니다.

+ 지구에서 달까지의 거리는 지구 둘레를 아홉 바퀴 반이나 도는 것과 비슷해요. 자동차를 타고 빠른 속도로 달린다 해도 자그마치 160일 정도 걸리는 거리지요.

달아,
어디까지 따라올 거니?
난 계속 제자리에
있는걸.

지구와 우주

별자리를 찾아보자 24

옛날, 밤새 양을 지키던 바빌로니아의 목동들은 밤하늘에 반짝이는 별을 보며 심심함을 달랬다고 해요. 점 잇기 놀이를 하듯 별과 별을 이어 사람과 동물 모양을 만들고 이름을 붙였지요. 그리고 그에 얽힌 재미있는 이야기도 만들어 냈어요. 이것이 '큰곰자리', '오리온자리' 라 불리는 별자리에요. 별자리를 이루는 별들은 실제로는 서로 아주 멀리 떨어져 있는 아무 상관 없는 별들이에요. 다만 지구에서 볼 때 서로 가까이에, 짝을 이루고 있는 것처럼 보일 뿐이지요.

밤새 별자리를 관찰해 보면 별자리가 조금씩 움직이는 걸 알 수 있어요. 우리는 밤하늘이 움직이는 거라 생각하지만, 사실은 밤하늘은 그대로 있고 지구가 돌기 때문에 별자리가 움직이는 것처럼 보이는 거랍니다. 그런데 위치가 달라지지 않는 별이 있어요. 바로 북극성이에요.

지구는 북극과 남극을 꿰뚫는 보이지 않는 선을 축으로 해서 스스로 빙그르르 돌고 있어요. 자전을 하는 것이지요. 북극성은 그 중심선을 하늘로 이은 곳에 있어요. 그래서 지구가 한 바퀴 돌아도 북극성은 항상 한자리에 있는 것으로 보여요. 이 북극성을 찾으면 방향을 알 수 있는데, 북극성이 있는 쪽이 북쪽이랍니다.

내가 바로 북극성이라고!

기린자리

작은곰자리

용자리

큰곰자리

목자자리

밤하늘에서 북극성을 찾아볼까요? 우선 큰곰자리를 찾아보세요. 큰곰자리와 조금 떨어진 곳에 유난히 밝은 별 하나가 반짝여요. 이 별이 바로 북극성이에요.

계절에 따라 보이는 별자리가 달라요.

넓은 우주에서 지구는 1년 동안 태양 주위를 천천히 돌고 있어요. 이를 공전이라고 하지요. 그러다 보니 계절에 따라 잘 보이는 별자리가 달라집니다. 보통 밤 8시경에 보이는 별자리를 계절 별자리라고 해요. 봄철에는 사자자리, 처녀자리, 천칭자리 등이 잘 보여요. 하지만 새벽이 될 때까지 밤하늘을 보고 있으면 여름과 가을의 별자리도 볼 수 있어요.

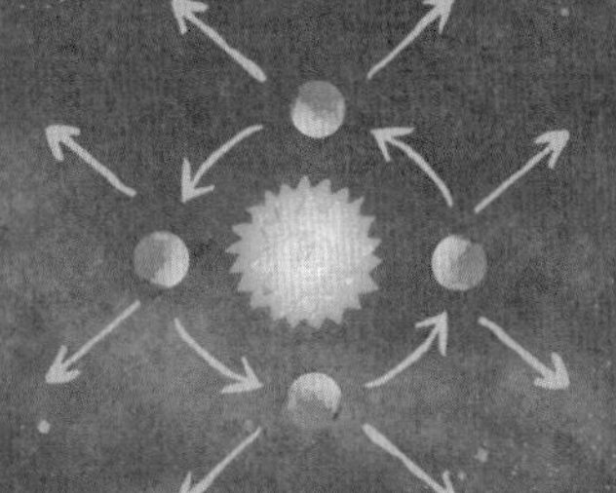

25 지구와 우주

순식간에 사라지는 별똥별

까마득히 넓은 우주에는 별들만 있는 게 아니에요. 바윗덩어리도 둥둥 떠다니고, 조그만 돌멩이나 먼지 같은 것도 아주 많답니다. 이런 것들 역시 태양 둘레를 빙빙 돌고 있는데, 그러다 종종 지구와 가까워져요. 지구의 공기 속으로 빨려 들기도 하지요.

이렇게 지구의 공기 속으로 일단 들어오면, 돌멩이는 아주 빠른 속도로 땅을 향해 떨어지게 됩니다. 너무나 빠르기 때문에 공기와 부딪쳐 뜨거운 열을 내고 결국은 활활 불타 버리지요. 이것이 한밤중에 우리가 볼 때는 긴 꼬리를 단 작은 별이 어디론가 휙 날아가는 것처럼 보여요. 바로 이것이 별똥별이랍니다.

우리 소원을 빌어볼까?

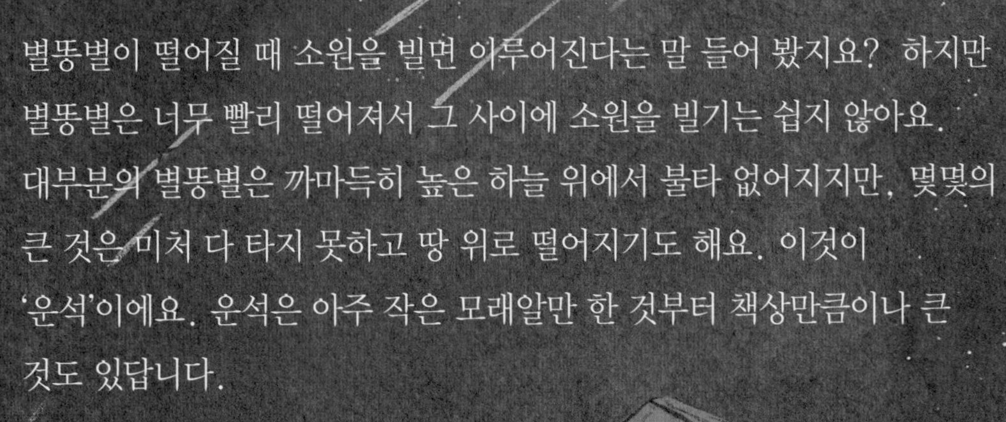

별똥별이 떨어질 때 소원을 빌면 이루어진다는 말 들어 봤지요? 하지만 별똥별은 너무 빨리 떨어져서 그 사이에 소원을 빌기는 쉽지 않아요. 대부분의 별똥별은 까마득히 높은 하늘 위에서 불타 없어지지만, 몇몇의 큰 것은 미처 다 타지 못하고 땅 위로 떨어지기도 해요. 이것이 '운석'이에요. 운석은 아주 작은 모래알만 한 것부터 책상만큼이나 큰 것도 있답니다.

왜 가끔 별똥별 비가 내려요?

1년에 한두 번쯤은 별똥별들이 비처럼 우수수 쏟아지기도 해요. 빛나는 긴 꼬리를 가진 혜성이 지나간 곳이나, 먼지 따위가 많이 모인 곳으로 지구가 지나갈 때 종종 생기는 일이지요.

지구와 우주

26 달에서 사람이 살 수 있을까?

지구에는 아주 많은 사람이 살고 있어요. 그러다 보니 살 땅이 넉넉하지 않아 더 많은 땅을 차지하기 위한 전쟁이 끊이지 않았어요.

지구 밖 우주에 사람이 살 수 있는 곳을 찾을 수 있다면 얼마나 좋을까요? 지구와 가장 가까운 달은 어떨까요? 하지만 달에서는 아무도 살 수 없답니다. 숨 쉴 공기가 없으니까요. 달에는 공기를 붙잡아 둘 중력이 약하거든요. 중력이 지구에 비해 6분의 1밖에 안 돼요. 묵직한 우주복을 입고 있어도 자꾸만 몸이 둥둥 뜨려고 해서 달 위에서 걸으면 꼭 느릿느릿 높이뛰기를 하듯 통통 튀면서 걷게 된답니다.

달은 왜 곰보투성이에요?

달을 크게 찍은 사진을 보면 울퉁불퉁 동그란 자국이 수없이 많은 것을 볼 수 있어요. 이것은 우주에서 수많은 운석이 날아와서 부딪쳤기 때문이에요. 막아 줄 공기가 없어 그대로 달 표면에 부딪친 거예요. 이런 자국들을 '크레이터'라고 부르지요. 그런데 한번 생긴 크레이터는 사라지지 않아요. 공기가 있어야 바람이 불어 이 자국들을 덮을 수 있는데 그렇지 못하니까요. 지구에서 우주선을 타고 날아간 우주인들의 발자국 역시 달 표면에 그대로 남아 있답니다.

게다가 낮은 너무 덥고 밤은 너무 추워요. 햇빛이 쨍쨍 내리쬘 때는 130도가 넘고, 반대로 해가 지면 영하 170도나 되지요. 이렇게 온도 차이가 심한 것 역시 공기가 없기 때문이에요. 지구와 같이 두꺼운 공기층이 있어야 태양의 뜨거운 열이 적당히 들어오고 나가면서 알맞은 온도가 유지되는 거예요. 또 달에는 물이 없어요. 사람이 생활하려면 물이 꼭 필요한데, 아직까지 달에서 물이나 얼음의 흔적은 보이지 않는답니다.

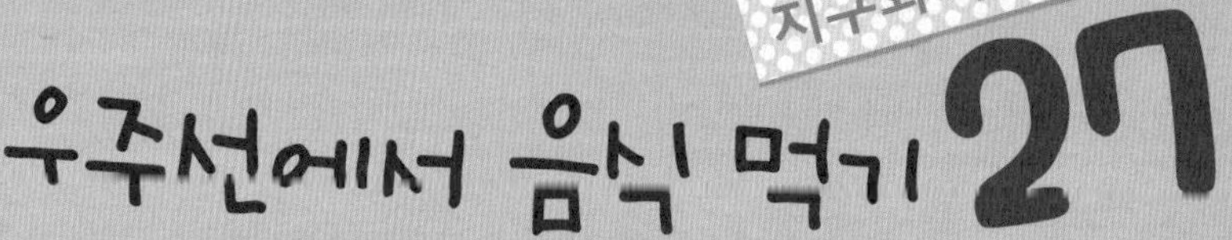

우주선에서 음식 먹기 27

TV에서 우주 탐사선을 탄 사람들을 보면 공중에 둥둥 떠서 웃으며 손을 흔들어요. 공중에 떠 있는 일이 얼마나 재미있으면 저렇게 웃고 있을까 싶지만, 우주선에서 활동하려면 불편한 일이 아주 많아요. 우주에는 아래로 잡아당기는 힘인 중력이 없기 때문이에요. 무엇이든 땅으로 떨어지지 않고 둥실둥실 떠다니니 음식을 먹는 일부터 쉽지 않아요. 특히 물이나 음료수를 마실 때에는 훨씬 더 조심해야 하지요. 물병을 기울여 물을 컵에 따르려고 해도 병에서 물이 나오지 않아요. 자칫 잘못하면, 물방울이 사방으로 흩어져

어, 어! 내 책!

우주선에서는 이런 점이 불편해요

우주선에서는 물건을 한곳에 붙들어 두지 않으면 둥둥 떠다녀요. 또 몸을 굽혀서 무엇인가를 집으려고 하면 몸 전체가 공중에서 빙글 돌아 버리기도 하지요. 그래서 우주인들은 잠을 잘 때에도 몸을 벽에 붙들어 매고 잔답니다.

기계에 이상을 일으킬 수도 있어요. 그래서 우주선에서 물을 마실 때는 물총처럼 생긴 도구를 이용해 입안으로 물을 쏘거나 빨대로 마셔야만 한답니다. 우주에서 먹는 음식은 대부분 특별하게 만들어져 있어요. 어떤 것은 치약처럼 꾹꾹 눌러서 짜 먹기도 하고, 바싹 말려 놓았다가 먹기 직전에 물을 부어서 먹는 음식도 있어요.

우주선에서는 똥, 오줌을 어떻게 누어요?

우주선에는 손잡이와 발판이 달린 특별한 화장실이 있어요. 여기에 몸을 고정시키고 똥을 눈답니다. 오줌은 따로 마련된 호스가 빨아들여 모은 후 한꺼번에 우주선 밖으로 내보내고, 똥은 바짝 말린 다음 지구로 돌아와 버린답니다.

지구와 우주

28 블랙홀 이야기

블랙홀은 우리말로 하면 까만 구멍이에요. 깜깜한 우주에 까만 구멍이 있으니까 당연히 보이지 않을 텐데 사람들이 블랙홀에 관심을 갖는 이유는 무엇일까요? 블랙홀은 무엇이든지 빨아들이는 구멍이에요. 가까이 온 것은 엄청난 힘으로 빨아들인답니다.

블랙홀은 태양보다 훨씬 더 큰 별이 일생을 마칠 때 만들어져요. 별도 사람처럼 태어나서 자라고 나이를 먹으면 죽는답니다. 태양과 같은 별은 아주 오랜 세월이 지나는 동안 점점 커지다가 나중에는 아주 작고 하얀 별이 되어 사라져요. 하지만 그보다 몇 배나 더 큰 별은 일생을 마칠 때 엄청난 폭발을 일으키며 우주 전체를 다 밝힐 듯 큰 빛을 내요. 그러다 옷을

+ 과학자들은 큰 천체 망원경을 통해 블랙홀이 어디에 있는지를 알아내곤 하지요. 여러 가지 가스가 블랙홀로 빨려 들어갈 때 '엑스선'이라는 것이 살짝 보이거든요.

훌훌 벗듯 겉에 있는 모든 것을 사방으로 퍼뜨리고, 자기 자신은 완전히 쪼그라들어요. 어마어마하게 크던 별이 때로는 복숭아 씨앗보다 작게 쪼그라들기도 하지요.

블랙홀은 이것보다도 훨씬 더 작게 쪼그라든 경우예요. 중심부의 끌어당기는 힘이 몇 배나 더 세기 때문이에요. 그래서 자기 자신조차 사라진 뒤에도 무엇이든 닥치는 대로 빨아들이는 것이랍니다.

지구와 우주

29 UFO가 나타났다고?

종종 UFO를 봤다는 사람들의 이야기를 듣는 경우가 있지요. UFO는 영어로 Unidentified(확인되지 않은) Flying(나는) Object(물체)로 미확인 비행 물체를 말해요. 말 그대로 하늘을 날고 있는 물체 중 무엇인지 정확히 알 수 없는 것을 모두 UFO라고 부르지요.

그러다 보니 UFO라고 생각한 것 중에는 나중에 인공위성이나 반딧불이, 금성, 유성 등으로 밝혀지는 것이 많아요. 그러나 아무리 조사해도 무엇인지 확인할 수 없는 UFO도 있습니다. 그것이 외계인이 보낸 UFO라고 믿는 사람들은 이 넓은 우주에 지구처럼 생명체가 살고 있는 별이 있을 거라 생각하지요. 과학자들도 우주에서 생명체의 흔적을 찾기 위해 끊임없이 노력하고 있어요.

조선 시대에도 UFO가?

우리나라 조선 시대에 UFO를 본 듯한 기록이 있답니다. 그 기록에는 "세숫대야처럼 생긴 물체가 위아래로 조금씩 움직이다가 천둥소리를 내며 날아갔다."라는 내용이 담겨 있어요. 오늘날 UFO를 본 사람들의 말과 비슷해요. 그것도 강원도 여러 곳에서 관찰되었다고 해요.

화성 탐사선이 화성에 아무도 살지 않는다는 것을 확인한 이후에도 우주에서 생명체가 사는 별을 찾는 일을 계속하고 있지요. 물론 쉽지는 않아요. 우주는 아주 넓어서 지구 옆에 있는 화성까지 가는 데도 여덟 달이나 걸리거든요.

직접 찾는 방법 외에 다른 방법도 있어요. 우주에서 지구로 들어오는 신호 중에서 외계인이 보내는 신호를 찾는 방법도 그중 하나이지요. 여러 대의 컴퓨터를 이용해 우주 신호를 분석하는 일에 많은 사람들이 참여하고 있어요. 정말로 외계인이 있다면 언젠가 우리와 연락이 닿을지도 몰라요.

우리 몸 30

땀은 짠맛?

아주 무더운 여름에는 뚝뚝 떨어지는 땀 때문에 몸이 끈끈해져요. 이럴 때는 땀을 흘리지 않으면 좋겠다고도 생각하지요. 하지만 땀을 흘리지 않으면 큰일납니다.

땀은 우리 피부 속에 있는 땀샘에서 나와요. 땀샘은 피부 속에 실타래처럼 꼬여 있는데, 그중 한 가닥이 피부 바깥으로 뻗어 나와 있어서 땀을 몸 밖으로 내보내요. 땀은 몸 밖으로 나오면서 몸속에 있는 열을 가지고 나와요. 그래서 우리 몸의 온도를 일정하게 조절해 주지요. 그러니 더운 날 땀을 흘리지 않으면 우리 몸은 불덩이가 될 수도 있어요.

땀은 또 한 가지 중요한 일을 해요. 몸 밖으로 나오면서 우리 몸속 찌꺼기도 가지고 나오지요. 땀샘 근처를 지나가는 핏속의 찌꺼기가 땀 속에 녹아들어 함께 나오는 거예요.

땀은 대부분의 물과 약간의 찌꺼기로 구성되어 있어서 약간 짠맛이 난답니다.

➕ 땀샘은 손바닥, 발바닥에 많고 겨드랑이에 큰 땀샘이 몰려 있어요. 그래서 다른 부위보다 땀이 더 많이 나지요.

동물들의 다양한 체온 조절 방법
돼지는 더우면 진흙탕에 뒹굴어서 체온을 조절해요.
개는 땀샘이 없어서 혓바닥으로 몸의 온도를 조절해요. 혓바닥의 침이 공기 중으로 날아가면서 몸의 열도 함께 가져가지요. 그래서 개는 더우면 혀를 쭉 내밀고 헉헉댑니다.
코끼리는 더우면 몸에 물을 끼얹어서 체온을 조절해요.
하마의 땀은 조금 끔찍해요.
땀이 빨간색이라서, 꼭 피가 나는 것 같거든요.
이렇게 보이는 건, 하마의 땀샘에서 붉은색을 띤 물질이 같이 나오기 때문이에요.

31 우리 몸 달리면 왜 숨이 찰까?

마라톤 시합이 끝나면 선수들은 가쁜 숨을 몰아쉬며 힘들어합니다. 보통 때처럼 편안해지려면 꽤 오랜 시간 휴식을 취해야 해요.

우리가 숨을 쉬는 건 산소를 얻기 위해서예요. 우리 몸은 수많은 '세포'로 이루어져 있는데, 세포는 산소가 있어야만 살 수 있거든요. 산소는 숨을 들이마실 때 코와 입을 통해 폐로 들어와 피를 타고 온몸을 돌아다니며 세포와 만나게 됩니다.

세포는 피를 통해 산소를 받아 에너지를 만들고 이 에너지로 일을 해요. 위에 있는 세포는 음식 소화시키는 일을, 귀에 있는 세포는 소리 듣는 일을 하지요. 또 세포는 일하는 동안 생긴 찌꺼기인 이산화탄소를 피에 전달해요. 그러면 이산화탄소는 피를 타고 폐로 돌아와 숨을 내쉴 때 코와 입을 통해 몸 밖으로 나간답니다.

그런데 세포는 가만히 있을 때보다 달릴 때 더 많은 산소를 필요로 해요. 달리느라 많은 에너지를 사용하니 산소도 그만큼 더 많이 필요한 것이지요. 그래서 더 많은 산소를 얻기 위해 숨을 헐떡이는 거랍니다.

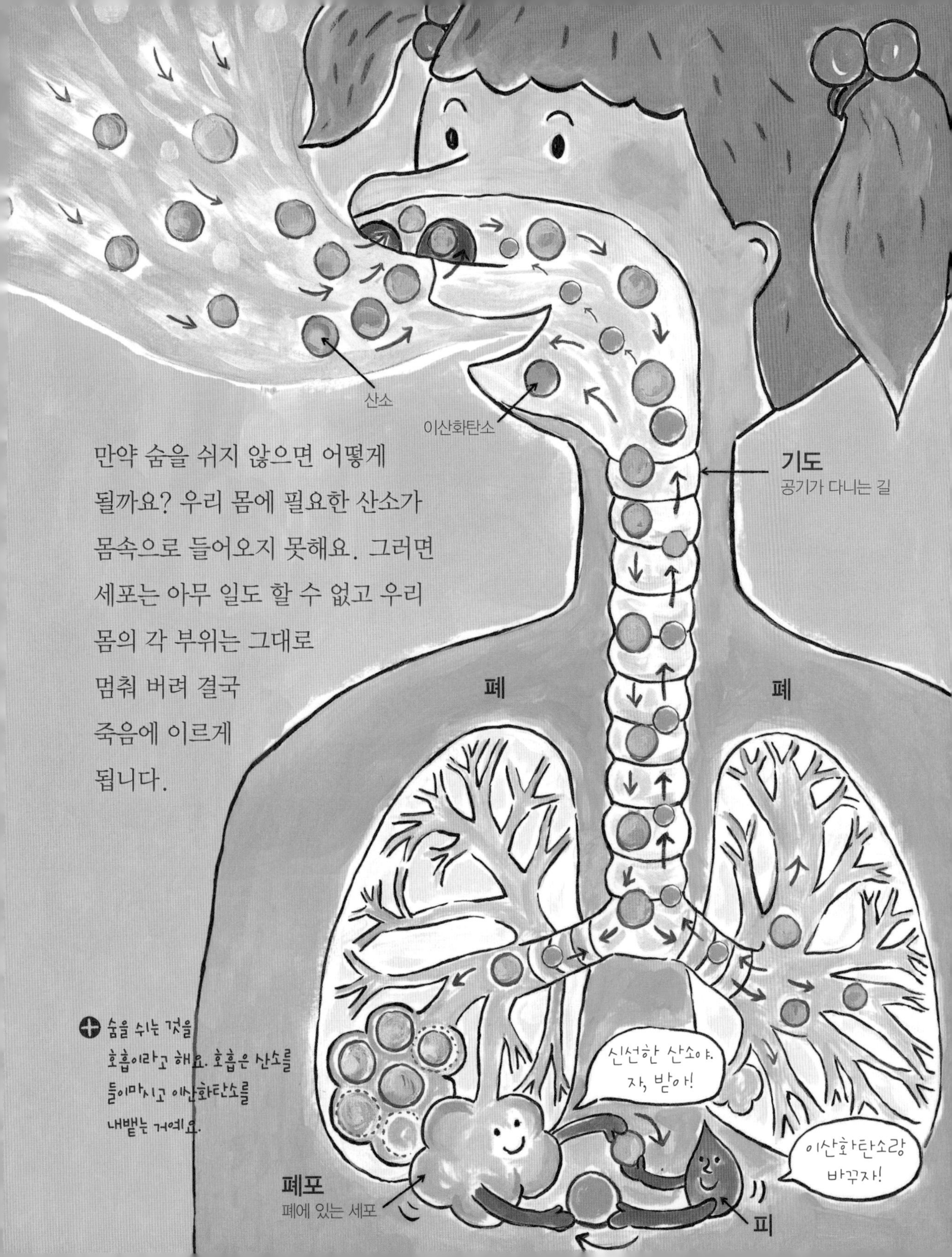

만약 숨을 쉬지 않으면 어떻게 될까요? 우리 몸에 필요한 산소가 몸속으로 들어오지 못해요. 그러면 세포는 아무 일도 할 수 없고 우리 몸의 각 부위는 그대로 멈춰 버려 결국 죽음에 이르게 됩니다.

➕ 숨을 쉬는 것을 호흡이라고 해요. 호흡은 산소를 들이마시고 이산화탄소를 내뱉는 거예요.

우리 몸

코는 왜 골까? 32

우리가 숨을 쉴 때 코로 들어온 공기는 입천장, 혀, 목젖 등과 같이 부드러운 부분을 지나게 돼요. 그런데 잠을 자는 동안에는 근육도 쉬기 때문에 보통 때에 비해 목젖이 늘어져 있어요. 그렇게 되면 공기가 지나가는 통로가 좁아져서 공기가 지날 때마다 목젖이 떨리게 되지요. 이때 나는 것이 바로 코 고는 소리예요.

어떤 사람은 옆 사람이 잠을 자기 힘들 정도로 큰 소리를 내며 코를 골기도 해요. 이렇게 큰 소리가 나는 것은 입을 벌리고 입으로 숨을 쉬기 때문이에요. 입을 벌리고 숨을 쉬면 목젖이 더 많이 울려 소리가 더 커진답니다.

또 너무 뚱뚱하거나 목젖이 큰 사람도 코를 심하게 골 수 있어요. 공기가 들락거리는 통로가 그만큼 더 좁기 때문이에요. 잘 때 베개가 너무 높아도 공기 드나드는 통로가 좁아져 코를 골게 돼요.

코를 골지 않으려면 낮은 베개를 베거나 옆으로 누워서 자는 것이 도움이 돼요. 운동을 규칙적으로 해서 불필요한 살을 빼고 근육의 힘을 키우는 것도 목젖을 좀더 힘껏 당길 수 있어 코골이를 고치는 데 도움이 된답니다.

잠 좀 자자!
길이 너무 좁아서
들어가기가 힘들어!
목젖
산소

우리 몸 33 코딱지

우리는 하루에 보통 2만 3000번이나 숨을 쉬어요. 이때마다 공기가 코로 들어가 폐에 전해지지요.

폐는 차가운 공기를 싫어하고 32도 정도의 따뜻한 공기를 좋아합니다. 다행히 차가운 공기는 코를 지나면서 따뜻해져 폐로 들어가게 되지요. 코가 공기를 따뜻하게 해 주는 거예요.

코는 또 가습기처럼 마른공기를 촉촉하게 해 주는 역할도 해요. 코안의 끈적끈적한 점액 덕분에 가능한 일이지요.

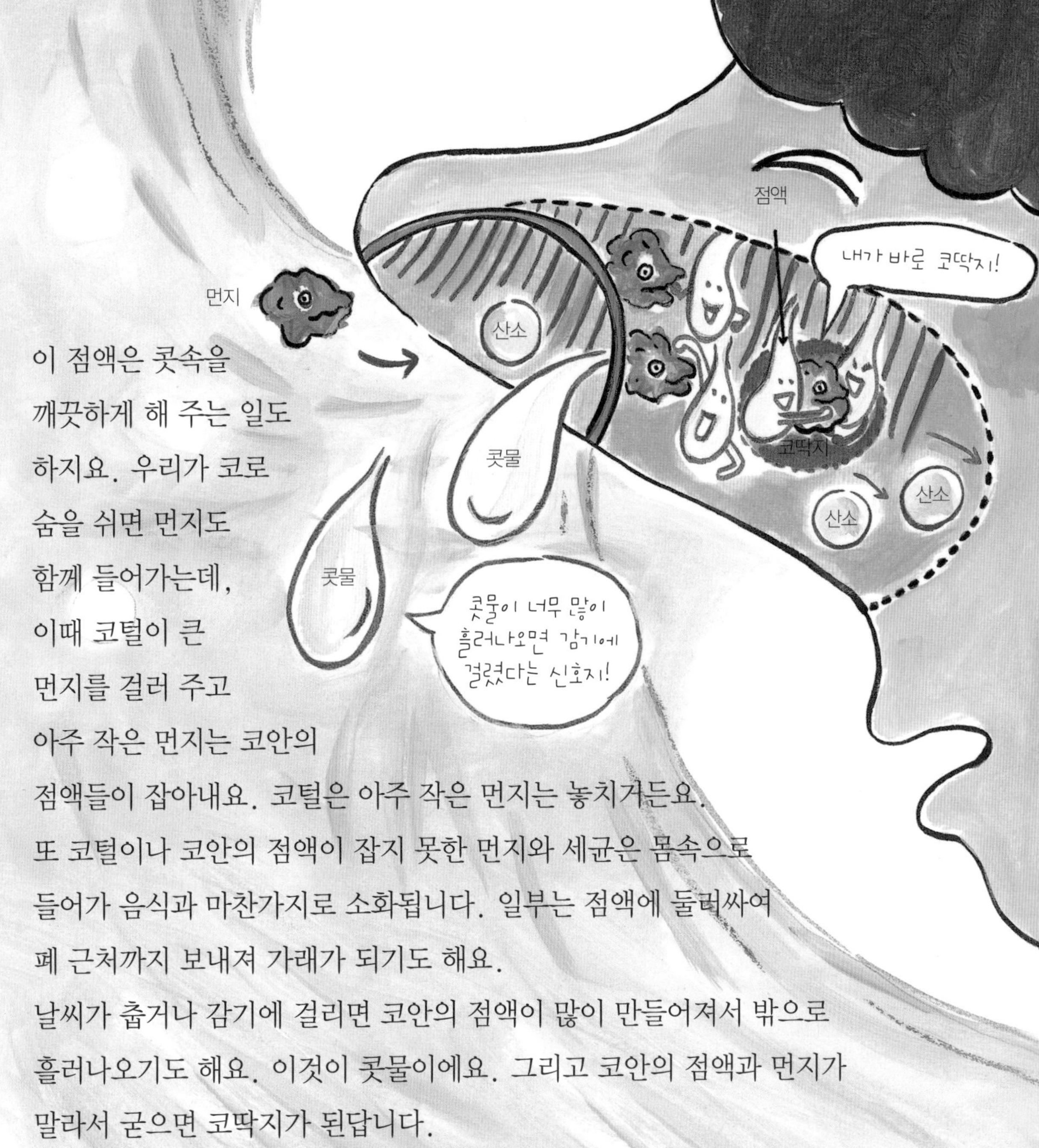

이 점액은 콧속을 깨끗하게 해 주는 일도 하지요. 우리가 코로 숨을 쉬면 먼지도 함께 들어가는데, 이때 코털이 큰 먼지를 걸러 주고 아주 작은 먼지는 코안의 점액들이 잡아내요. 코털은 아주 작은 먼지는 놓치거든요. 또 코털이나 코안의 점액이 잡지 못한 먼지와 세균은 몸속으로 들어가 음식과 마찬가지로 소화됩니다. 일부는 점액에 둘러싸여 폐 근처까지 보내져 가래가 되기도 해요.

날씨가 춥거나 감기에 걸리면 코안의 점액이 많이 만들어져서 밖으로 흘러나오기도 해요. 이것이 콧물이에요. 그리고 코안의 점액과 먼지가 말라서 굳으면 코딱지가 된답니다.

➕ 코가 막히면 냄새를 맡을 수 없는 것은 물론, 음식의 맛도 잘 느낄 수 없어요. 음식 맛은 혀로 느낀 감각과 코로 느낀 냄새가 종합되어 뇌에 전해지기 때문입니다.

우리 몸

34 딸꾹질을 멈추고 싶어

갑자기 '딸꾹' 하고 딸꾹질이 나올 때가 있어요. 그러면 사람들은 혼자 무얼 몰래 먹었냐며 의심의 눈초리를 보내기도 하지요. 딸꾹질은 멈추려고 해도 마음대로 멈춰지지 않아요. 오랜 시간 계속되면 속도 거북해집니다. 딸꾹질은 우리 몸에 있는 가로막과 관계가 있어요. 가로막은 배와 가슴을 나누는 얇은 막인데, 이것이 아래위로 운동을 하면 폐가 커졌다 작아졌다 해요. 이 덕분에 우리는 숨을 쉴 수 있어요. 가로막이 아래로 내려가면 몸 안의 공간이 넓어져 바깥 공기가 폐 속으로 들어오고, 반대로 가로막이 위로 올라가면 공간이 좁아져 공기가 몸

가로막의 운동

가로막이 아래로 내려갑니다. 가로막이 위로 올라갑니다.

밖으로 밀려 나가지요. 그런데 음식을 급히 먹거나 너무 뜨거운 것을 먹을 때, 또는 갑자기 추워지면 가로막이 충격을 받아 운동을 제대로 못 하고 쪼그라들 수 있어요. 그러면 목구멍 뒤의 성대가 좁아지면서 바깥 공기가 몸 안으로 들어올 때 독특한 딸꾹질 소리가 나는 거랍니다.

우리 몸

35 이는 왜 썩을까?

제일 깨끗할 것 같은 우리 입속에는 아주 작은 세균들이 바글바글해요. 세균은 이에 낀 음식 찌꺼기를 먹으며 우리 입속을 마구 돌아다니지요. 그러면서 젖산이라는 물질을 내보내요. 젖산은 이를 약하게 만들고, 이를 녹여 썩게 만드는데 이것이 충치예요. 충치는 치료하기 쉽지 않아요. 심하면 이를 뽑아야 해요. 무섭다고 계속 놔두면 잇몸 속까지 깊숙이 파고들어 가 신경 세포를 건드리기도 합니다.

아이의 이(20개) **어른의 이(28~32개)**

이는 보통 태어난 지 6개월 정도부터 나기 시작해요. 이것을 젖니라고 하는데, 3세 무렵엔 모두 20개가 나와요. 하지만 6~7세가 되면 앞니부터 빠지기 시작해서, 13~14세 정도에 28개의 새로운 이로 바뀌게 돼요. 새로 난 이는 평생 쓰는 이라서 영구치라고 부르지요. 영구치를 튼튼하게 하려면 젖니를 잘 관리해야 해요. 젖니는 영구치의 자리를 미리 잡아 놓는 역할을 하니까요. 젖니가 썩어 일찍 빼면, 옆에 있던 젖니가 빠진 쪽으로 쓰러져 다음에 나올 영구치의 자리가 부족해진답니다. 그러면 영구치가 비뚤어져 나오지요.

+ 이가 썩지 않게 하려면 아침, 점심, 저녁 하루 3번, 밥을 먹은 뒤 20분 안에 3분 이상 닦아 주는 것이 좋아요. 이를 다 닦은 뒤에는 잇몸과 혓바닥도 잘 닦고 물로 헹궈 주세요.

36 똥과 오줌은 뭐가 다르지?

우리가 먹은 음식물은 몸속에서 소화 과정을 거쳐 잘게 부숴져요. 그 결과 영양분은 몸에 흡수되고, 찌꺼기만 남지요. 이 찌꺼기가 똥이에요. 그러니까 똥은 입, 식도, 위, 소장, 대장의 소화 기관을 지나면서 만들어지는 것이지요.

오줌도 화장실 변기로 떨어지는 것은 똥과 같으니 비슷한 과정을 통해

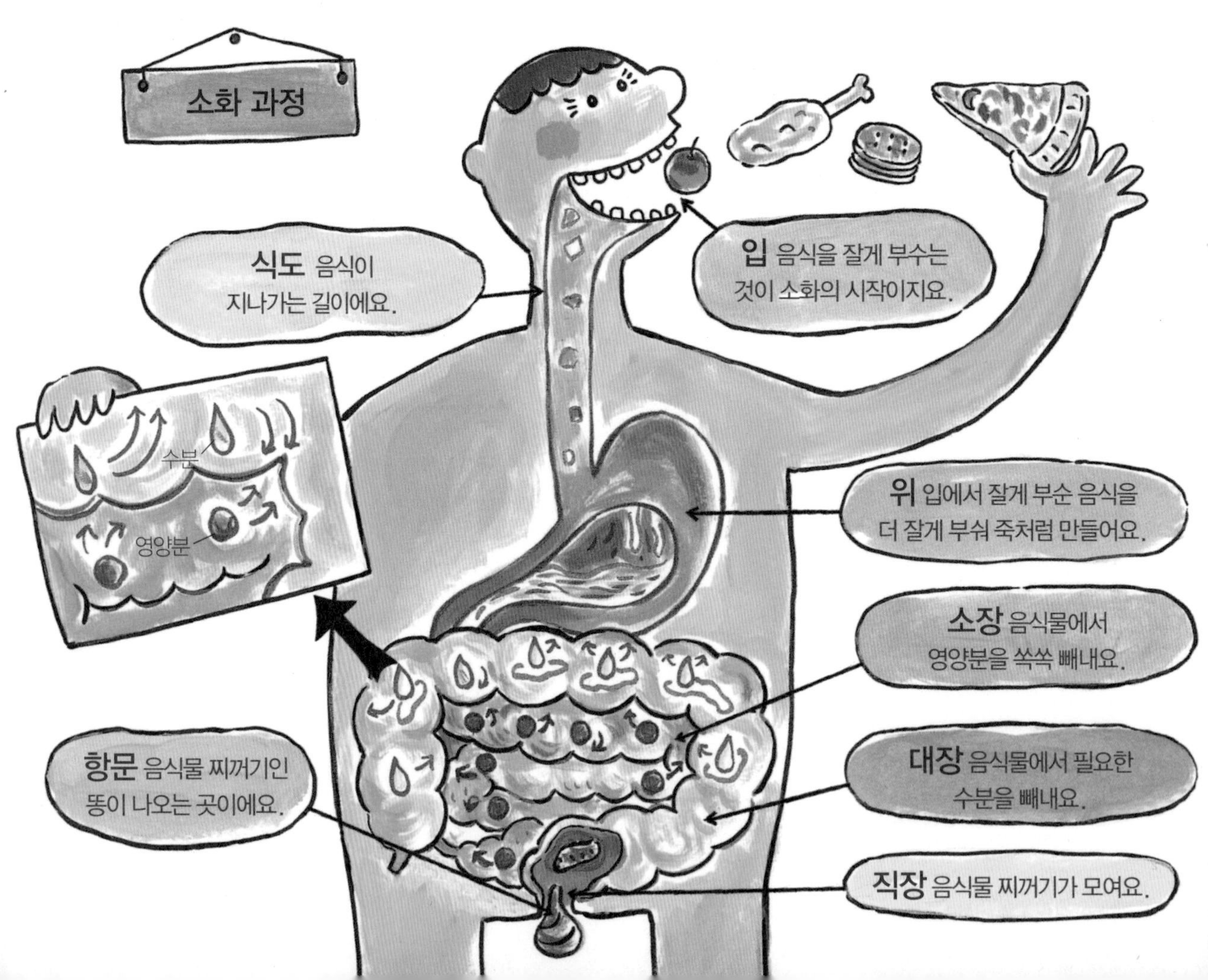

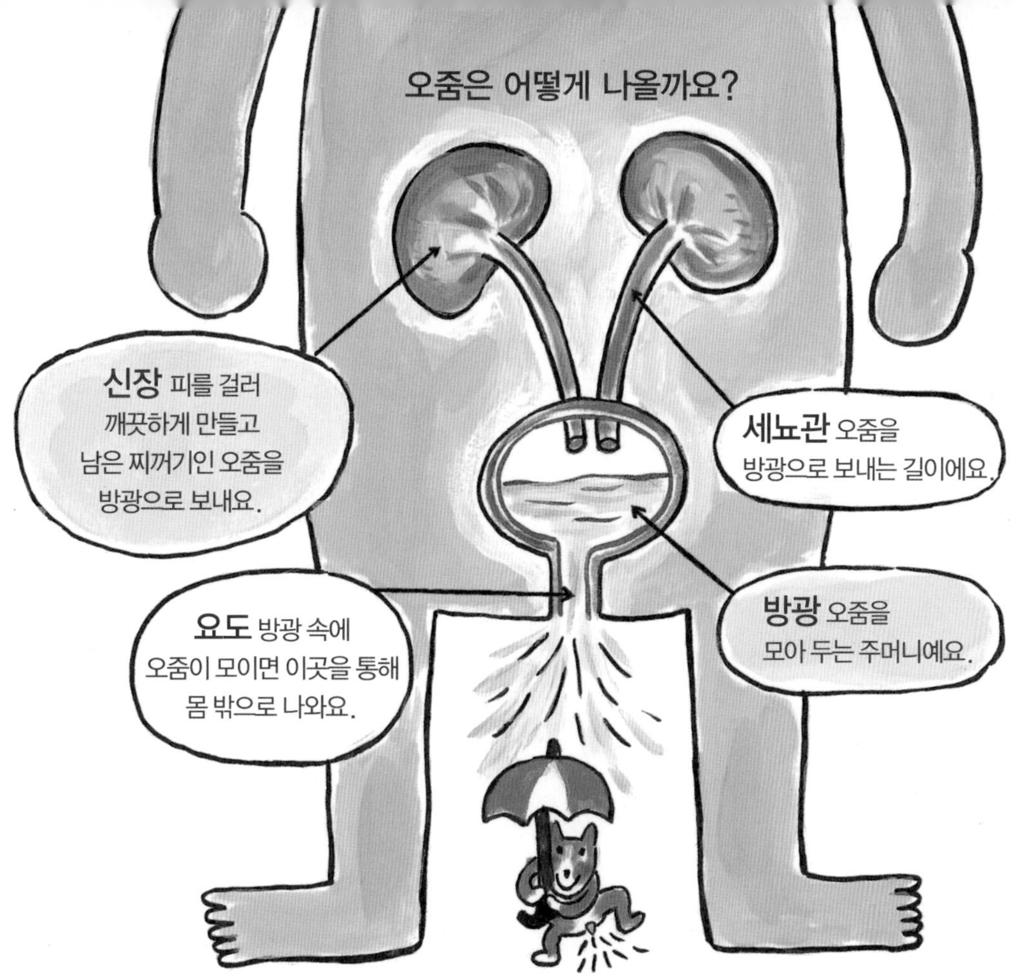

생길 것 같지요? 하지만 오줌과 똥은 만들어지는 과정도, 만들어지는 장소도 달라요.

우리 몸에 흡수된 영양분은 피를 통해 온몸으로 전해져 여러 가지 일을 하는 데 쓰여요. 이 과정에서도 찌꺼기가 남아요. 이 찌꺼기는 땀이 되어 몸 밖으로 나가거나 피를 타고 신장으로 가지요. 강낭콩처럼 생겨서 콩팥이라고도 부르는 신장은 피를 깨끗하게 해 주고, 우리 몸에 필요하지 않거나 해로운 것들을 걸러 내는 역할을 해요. 이렇게 걸러진 찌꺼기들을 방광으로 보내는데, 이것이 바로 오줌이랍니다. 오줌은 똥과 비슷할 것 같지만 사실 땀과 더 비슷해요. 맛도 찝찌름한 것이!

37 우리 몸
방귀와 트림은 왜 할까?

공기는 숨을 쉴 때뿐만 아니라, 음식을 먹을 때도 몸속으로 들어와요. 음식물과 함께 입으로 들어온 공기는 식도를 거쳐 위로 내려가요. 음식물은 7초 만에 위에 도착해 2~4시간 머물며 조금씩 소화되지요. 그런데 위에 머무르는 도중 일부 공기가 식도를 타고 거꾸로 올라가기도 해요. 이때 '꺽' 하고 트림이 나오는 것이랍니다.

음식물과 함께 소장이나 대장까지 가는 공기도 있어요. 대장에는 눈에 보이지 않는 작은 대장균들이 살고 있어요. 이 균들은 위에서 미처 소화되지 않은 음식을 분해해 주는 고마운 친구들이에요. 그런데 이 친구들이 일을 할 때는 가스가 생긴답니다. 입에서 음식과 함께 들어와 대장까지 온 공기와 대장균이 일하면서 만들어 낸 가스가 대장에 차면 얼른 밖으로 내보내야겠지요? 대장은 꾸물꾸물 운동을 해서 이 가스를 몸 밖으로 내보내는데 이것이 방귀에요.

방귀는 장이 활발하게 움직이고 있다는 증거이지요.

맹장 수술을 받은 뒤에는 방귀가 나와야 음식을 먹을 수 있어요. 방귀는 몸속 장기들이 제 역할을 할 준비가 되었다는 신호거든요.

대장
우린 대장균!
소장
방귀는 뿡! 하고 뀌지 않아도 항상 몸 밖으로 나오고 있어. 양이 적으면 느끼지 못할 뿐이야.
윽, 냄새!
소리만 요란하고 냄새 안 나는 탄수화물 방귀
소리는 작지만 냄새 지독한 단백질 방귀
고구마를 많이 먹었더니 방귀가 계속 나와.
삶은 달걀을 많이 먹었더니 냄새 참 지독하네.
피식~
뿡! 뿡!
고기, 달걀 같은 단백질 음식을 먹고 방귀를 뀌면 냄새가 지독해요.
감자, 옥수수 같은 탄수화물 음식을 먹으면 방귀를 자주 뀌게 돼요. 소리는 크지만 냄새는 심하지 않아요.

38 방귀를 참으면?

혼자 있을 때는 마음 놓고 방귀를 뿡뿡 뀔 수 있지만 다른 사람이 있는 데서는 함부로 뀔 수가 없어요. 냄새나 소리 때문에 눈총을 받을 수도 있고, 창피해질 테니까요.

방귀는 우리 배 속에 있는 구불구불한 대장에서 만들어져요. 우리가 방귀를 꾹 참으면, 방귀는 다시 장 안쪽으로 밀려 들어가요. 그러다 긴장이 풀어지는 시간이나 밤에 잠을 자는 동안 나오기도 하지요.

어떤 사람은 방귀를 참으면 방귀가 대장의 벽에 스며들어 혈액 속에 흡수가 된다고도 해요. 진짜 그렇다 해도 방귀가 몸속에 들어가 해로운

일을 하지는 않을 거예요. 방귀 속에 있는 성분은 질소, 이산화탄소, 수소, 메탄 등 대기 중에도 존재하는 것들이니까요.

방귀는 피시식~하고 소리 없이 나오는 경우도 있지만 뿡~ 하고 큰 소리가 나는 경우도 있어요. 소리를 내는 것은 '괄약근'에 비밀이 있답니다. 괄약근은 항문을 둘러싸고 있으면서 열렸다, 닫혔다 하며 배출을 조절하는 반지 모양의 근육이에요. 괄약근을 꽉 조일 때 방귀를 뀌면 큰 소리가 나고, 괄약근이 느슨할 때 방귀를 뀌면 작은 소리가 나는 거예요. 가스를 밀어내는 힘이 유난히 큰 사람이라면 방귀 소리가 무척 크겠지요.

➕ 방귀 성분 중 메탄은 불이 잘 붙는 가스예요. 메탄의 양이 많은 동물의 방귀에는 불이 붙을 수도 있어요. 그렇다고 직접 시험을 해서는 안 됩니다. 화상을 입을 수도 있으니까요.

우리 몸

39 놀라면 가슴이 쿵쾅거리는 이유

깜짝 놀라거나 부끄러운 일이 생기면 가슴이 콩닥콩닥 뛰어요. 옆에 있는 사람이 눈치챌 만큼 세게 뛰는 것 같지요. 사실 가슴은 온종일 뛰고 있어요. 다만 보통 때에는 깜짝 놀랐을 때보다 좀 느린 속도로 뛰고 있지요. 왼쪽 가슴 속에서 온종일 뛰고 있는 것은 바로 심장이에요. 심장은 피를 우리 몸 구석구석까지 보내기 위해 쉬지 않고 열심히 펌프질을 하고 있습니다.

심장이 뛰지 않으면 피가 흐르지 않아 죽게 되지요.

심장에서 나온 피는 우리 몸에 산소와 영양분을 공급해 줘요.

심장은 열심히 펌프질을 해서 온몸에 피를 보내 줘요.

심장은 근육으로 되어 있어요. 하루 종일 펌프질을 해도 견딜 만큼 굉장히 튼튼한 근육이지요. 이 근육은 팔다리처럼 내 마음대로 움직일 수 없지만 스스로 오므라들었다 커졌다 하면서 펌프질을 해요. 그런데 깜짝 놀라면 뇌에서 신호를 받아 빨리 뛰지요. 뇌가 몸 전체에 위험 신호를 보내면 심장은 몸 구석구석에 보통 때보다 많은 피를 흘려보내기 위해 빨리 뛰는 것이지요. 위험에 대비해 움직이려면 몸의 각 부분은 더 많은 산소와 영양분이 필요하니까요.

✚ 심장에서 나간 피는 혈관 속에서 한쪽 방향으로만 흘러요. 심장이 뛰면서 나는 쿵쾅 소리는 심장 안에 있는 판막이 피가 거꾸로 흐르는 것을 막느라 열렸다 닫혔다 할 때 나는 소리예요.

우리 몸

피는 모두 빨간색일까? 40

피는 우리 몸을 돌면서 세포에 산소와 영양분을 전해 주는 중요한 역할을 해요. 그래서 피가 다니는 길인 혈관은 우리 몸 구석구석까지 골고루 퍼져 있답니다.

피를 오랜 시간 가만히 두면 붉은색 알맹이가 아래에 가라앉고 노란 액체가 위에 떠요. 가라앉은 붉은 알맹이가 혈구이고, 노란 액체는 혈장이지요. 혈구는 혈장에 비해 양은 적지만 하는 일은 아주 많아요. 혈구에는 적혈구, 백혈구, 혈소판이 들어 있는데 이 중 적혈구가 혈구의 대부분을 차지합니다. 산소를 운반하는 것이 적혈구의 임무이지요. 우리 피가 빨간 것은 적혈구와 관계가 깊어요. 적혈구에는 '헤모글로빈'이란 물질이 들어 있는데 그 색깔이 빨간색이거든요. 사람뿐만 아니라 대부분의 동물은 피가 빨간색이에요.

흔히 뱀이나 악어 같은 파충류의 피는 초록색일 거라 상상하지만, 이들의 피도 모두 빨간색이에요. 하지만 메뚜기, 오징어, 게처럼 피가 초록색인 동물도 있지요. 이들의 피에는 헤모글로빈 대신에 '헤모시아닌'이라는

물질이 들어 있답니다. 이 동물들은 피의 양이 적어 피 흘리는 모습을 쉽게 볼 수 없어요. 그래서 초록색 피를 본 사람은 많지 않아요.

➕ 혈관은 피가 지나가는 길이에요. 온몸에 있는 동맥, 정맥, 모세혈관을 모두 이으면 지구를 세 바퀴나 돌 정도로 아주 길어요.

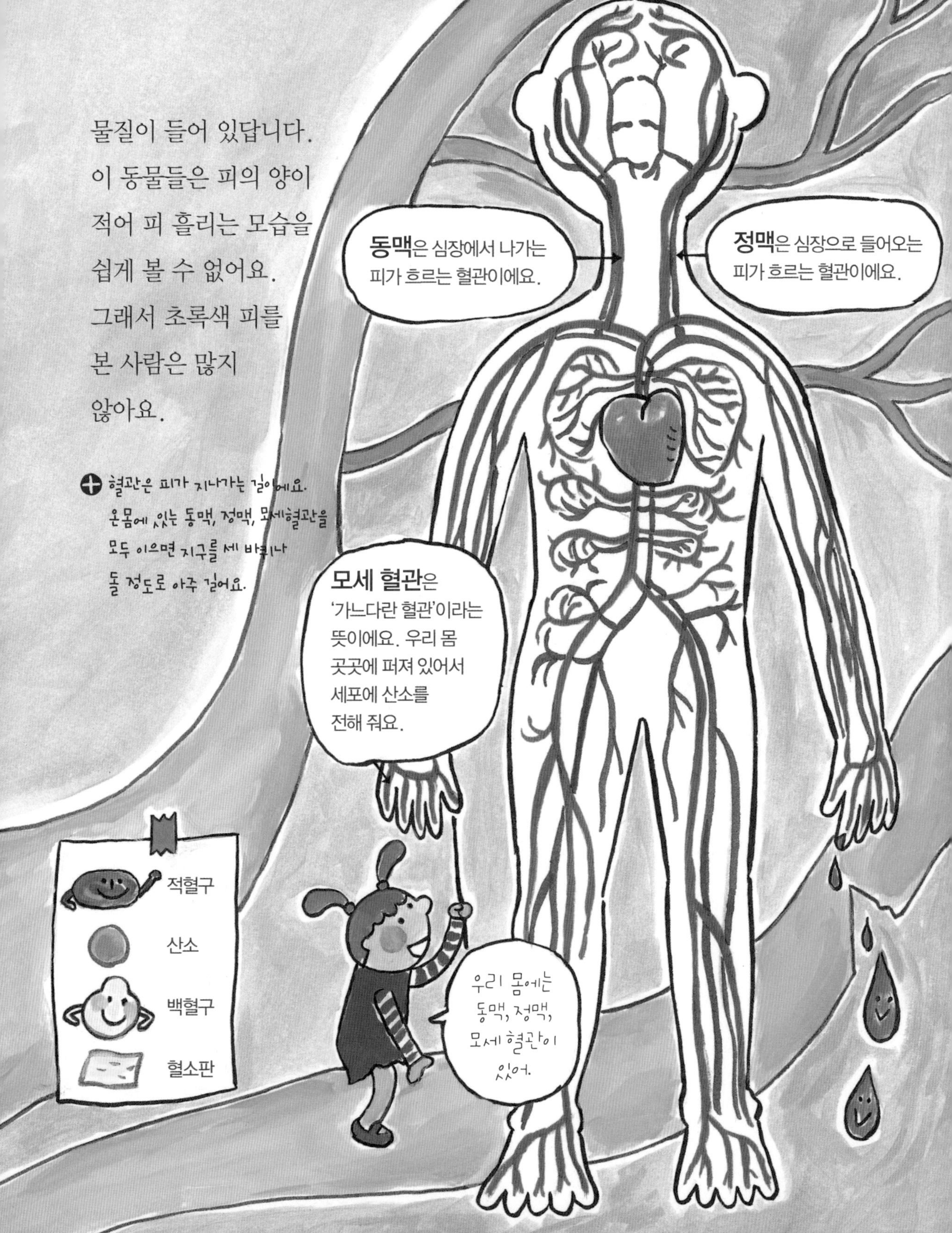

우리 몸

41 세균이 몸에 들어오면?

세상에는 좋은 균도 있지만 나쁜 병을 옮기는 균이 아주 많아요. 공기 속을 떠다니다가 우리가 숨을 쉴 때 코나 입으로 들어오기도 하고, 여기저기 물건에 붙어 있다가 우리 손에 옮겨 와 코나 입으로 들어오기도 하지요.

이렇게 들어온 병균은 목 안쪽에 있는 기도를 지나게 돼요. 기도는 병균을 잡아 내고 먼지도 걸러 낸답니다. 콜록콜록 기침을 해서 병균과 먼지를 다시 밖으로 내보내지요. 하지만 모두 내보낼 수 있는 것은 아니어서 기어코 몸속에 들어오는 놈들도 있어요. 우리가 감기에 걸리는 것은 이 때문이지요.

감기에 걸리면 우리 몸도 가만있지 않아요. 핏속의 병균과 맞서 싸우는 용감한 백혈구가 들어 있거든요. 백혈구가 병균과 싸울 때 우리 몸에서는 열이 펄펄 나지요. 콧물이 나오는 경우도 있는데, 이는 백혈구와 싸우다 죽은 병균이 점액 형태로 몸 밖으로 나오는 것이에요.

몸이 약해져 있거나 감기 병균의 힘이 너무 강할 때는 백혈구가 도저히 당해 내지 못할 수도 있어요. 이때 감기약이 도움이 될 수 있어요. 하지만 아직까지 감기를 완전히 낫게 하는 약은 없답니다. 감기를 일으키는 병균은 워낙 여러 가지거든요.

감기에 걸리지 않으려면 평소에 규칙적인 생활을 해서 몸을 건강하게 해야 해요. 또 밖에 나갔다 오면 항상 손을 깨끗이 씻어야 한답니다.

가자!
병균
병균
1. 감기를 옮기는 병균이 입이나 코를 통해 우리 몸에 들어옵니다.
백혈구
병균
체온계
2. 우리 몸속의 백혈구가 병균과 싸우기 시작합니다.
감기에 걸리면 우리 몸은 어떻게 대응할까요?
감기약
어서 와!
우리가 왔어!
3. 병균의 수가 많아 백혈구가 힘들어 하면, 감기약을 먹어 병균과 싸우게 합니다.
4. 병균이 물러나면 감기가 낫는답니다.
와!
와, 이겼다!
항복! 도망가자!

우리 몸

42 재채기, 기침은 왜 나올까?

"콜록콜록!", "에취!"
감기에 걸렸을 때는 재채기나 기침을 많이 하게 돼요. 이것은 우리가 숨을 쉬는 코나 기관지, 폐 같은 곳에 세균이 있어서 근질근질하기 때문이에요. 또 이런 세균이 섞인 콧물이나 가래 같은 걸 몸 밖으로 내보내기 위한 것이지요. 하지만 감기에 걸리지 않았는데도 재채기나 기침을 할 때가 있어요. 그것은 우리 몸속에 무엇인가 나쁜 것이 들어오지 않도록 하려는 거예요.
우리는 먼지 같은 것이 콧속으로 들어왔을 때, 매운 냄새를 맡았을 때 재채기를 하게 돼요. 또 갑자기 차가운 공기와 만나거나, 밥 먹을 때 음식물이 자칫 숨구멍 쪽으로 들어갈 때에도 재채기가 나오지요.
그런가 하면 매캐한 연기를 맡거나 공기가 아주 나쁜 곳으로 갔을 때는 저절로 기침이 나와요.
만약 우리가 재채기나 기침을 전혀 하지 않는다면 이런 것들이 몸속으로 들어와 금세 나쁜 병에 걸릴지도 몰라요. 그러니까 조금 귀찮아도 재채기와 기침은 고마운 것이랍니다.

에취! 하고 재채기할 때, 입에서 나오는 공기의 속도는 생각보다 무척 빠르답니다. 자그마치 시속 300킬로미터나 된다고 해요. 콜록콜록! 기침을 할 때의 속도도 200킬로미터가 훌쩍 넘어요. 보통 100킬로미터로 쌩쌩 달리는 자동차보다도 훨씬 빠르지요.

우리 몸
43 튼튼해지는 음식

우리 몸을 이루는 작은 세포들은 산소뿐만 아니라, 영양분도 필요로 해요. 영양분을 받아야 기운을 내서 활발하게 일을 할 수 있지요. 이런 영양분은 우리가 먹는 음식에 들어 있기 때문에 음식을 잘 챙겨 먹어야 하지요. 그런데 음식마다 들어 있는 영양분은 달라요. 세포는 많은 일을 하기 때문에 여러 가지 영양분을 골고루 받아야 해요. 음식을 가려 먹으면, 세포한테 필요한 영양분을 골고루 주지 못해 몸에 병이 생기지요. 예를 들어, 과일이나 채소를 잘 먹지 않아 비타민이 부족하면 잇몸에서 피가 나거나 다리가 붓는 병에 걸린답니다. 또 시금치, 생선, 김, 당근 같은 음식을 잘 먹지 않아 철분이 부족하면 머리가 아프고 어지러워져요. 그리고 고기를 먹지 않으면 크고 튼튼하게 자랄 수 없답니다.

우리 몸을 튼튼하게 만드는 영양소

탄수화물
힘을 쓸 수 있게 해 주는 영양분이에요.

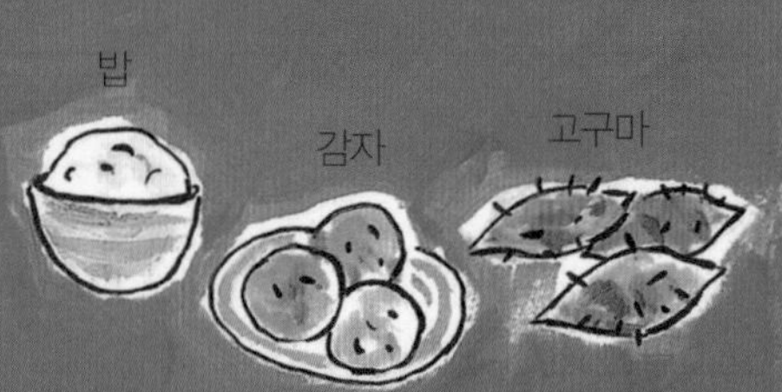

단백질
피와 살을 만들고, 힘을 쓸 수 있게 해 줘요.

지방
같은 양의 단백질, 탄수화물보다 두 배 이상 힘을 쓰게 해 줘요. 러나 많이 먹으면 뚱뚱해져요.

뭐든 골고루 먹어야 튼튼해진다고!

콩은 싫지만 편식하면 안 되겠지?

나처럼 키가 크려면 우유를 많이 마셔, 얘들아!

신선한 과일을 많이 먹어야 예뻐진대!

철분이 많은 당근 주스를 마시면 눈이 좋아져.

탄수화물

칼슘

단백질

우유

칼슘

단백질

비타민

비타민

철분

슘

과 이를 튼튼하게 해 줘요.

비타민

몸이 제 기능을 하도록 도와주어 병에 잘 걸리지 않게 하지요.

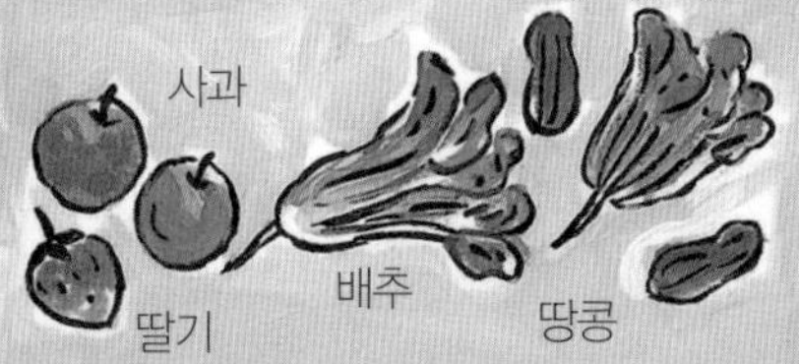

철분

우리 몸의 피를 만들어 줘요.

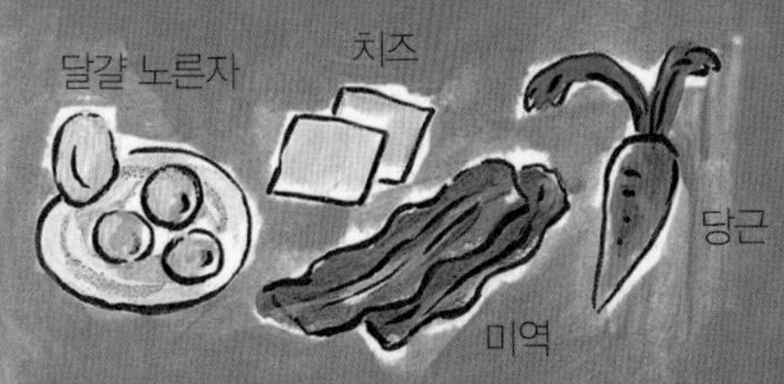

44 키가 크려면?

코끼리는 개미보다 몸집이 훨씬 커요. 그러면 코끼리의 세포가 개미의 세포보다 훨씬 클까요? 그건 아니에요. 코끼리와 개미의 세포는 크기가 거의 비슷해요. 다만 코끼리의 세포 수가 개미보다 훨씬 많을 뿐이지요.

사람도 키가 크고 몸무게가 늘어나면 세포가 커지는 것이 아니라, 세포의 수가 많아져요.

우리 키가 크도록 세포를 만드는 것은 뇌에서 나오는 '성장 호르몬'이라는 물질이에요. 키가 크는 건 바로 성장 호르몬이 활발하게 움직이고 있다는 뜻이지요. 이 성장 호르몬은 밤에 잠을 잘 때 많이 나와요. 특히 밤 10시에서 새벽 2시 사이에 가장 많이 나오지요. 그러니 한창 키가 클 나이에는 잠을 충분히 자는 게 중요해요.

어른이 된 후 성장 호르몬은 하는 일을 바꿔요. 세포 수를 늘려 뼈와 근육을 만드는 일에서 뼈와 근육을 튼튼하게 하는 일로 제 역할을 바꾸지요. 이 때문에 어른이 되면 더 이상 키가 자라지 않는 거랍니다.

음식을 골고루, 충분히 먹어요.

음식은 뼈와 살을 만드는 원료예요. 음식을 골고루, 충분히 먹지 않으면 키가 쑥쑥 자라지 못해요.

잠을 충분히 자요.

성장 호르몬은 주로 밤 10시부터 새벽 2시 사이, 우리가 잘 때 많이 나오기 때문이에요.

키가 쑥쑥 크려면 어떻게 해야 할까요?

성장판이 있는 곳을 자극해요.

성장판은 뼈가 자라 키를 크게 하는 곳으로, 성장 호르몬의 영향을 받아요.
우리 몸에는 팔, 다리, 척추의 마디 사이에 성장판이 있어요. 스트레칭이나 운동을 하면 이 성장판이 자극을 받아 키가 자라요.

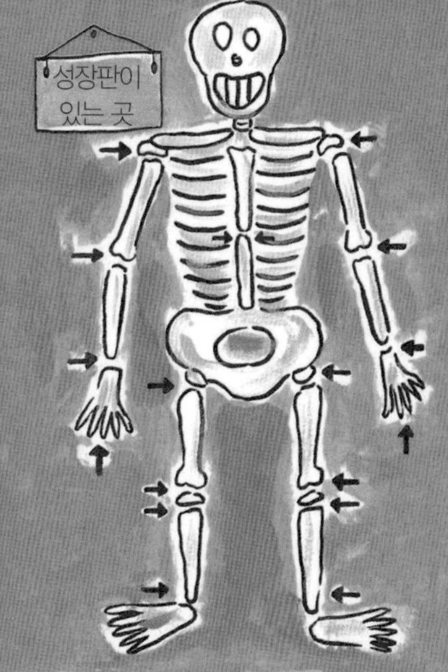

규칙적인 운동을 해요.

달리기와 걷기 같은 운동을 하면 척추와 다리의 성장판이 자극을 받아 더 잘 자랄 수 있어요.

우리 몸

45 잠, 잠, 잠

우리가 쉬고 있다고 느끼는 순간에도 우리 뇌는 쉼 없이 일을 하고 있어요. "숨을 쉬어라.", "땀을 내보내라.", "눈을 깜빡여라." 같은 명령을 계속 내리고 있는 것이지요. 이렇게 뇌는 하루 종일 일을 하기 때문에 휴식이 필요해요. 뇌를 쉬게 해 주는 것이 바로 잠이에요. 물론 잠을 자도 뇌가 완전히 쉬는 것은 아니랍니다. 잠을 자느라 뇌가 "숨을 쉬어라.", "심장을 뛰게 하여라." 같은 명령을 내리지 않는다면 사람은 바로 죽고 말 테니까요. 그래도 잠을 자는 동안에는 꼭 필요한 명령만 내리니 다음 날 다시 일할 힘을 얻을 수 있지요.

잠은 뇌에 휴식할 시간을 주면서 하루에 얻은 기억 정보를 정리할 시간도 줍니다. 우리가 기억하는 많은 일 중에서 오래 기억할 것을 정리하는 일은 주로 잠잘 때 일어나지요.

잠을 자지 않을 때　　　　잠을 잘 때

뇌가 충분한 휴식을 취하려면 우선 푹 자야 해요. 어른은 보통 하루에 8시간 자는 것이 적당하고, 어린이의 경우는 이보다 조금 많은 9~10시간 자는 것이 좋다고 해요.

언제 잠을 자는지도 아주 중요합니다. 낮보다는 깜깜한 밤에 잠을 자야 푹 잘 수 있고, 우리 몸과 뇌도 푹 쉴 수 있어요. 그것은 오랜 시간 우리 몸이 밤에 잠을 자도록 길들여졌기 때문이에요. 특히 한창 자랄 나이의 어린이는 키를 크게 하는 성장 호르몬이 가장 많이 나오는 밤 10시 이전에는 꼭 자는 게 좋습니다.

우리 몸

꿈은 왜 꿀까? 46

우리는 잠을 자면서 꿈을 꿔요. 어떤 날은 꿈을 꾸지 않고 잠만 잤다고 생각하지만, 기억을 하지 못하는 것일 뿐 매일 꿈을 꾼답니다. 꿈이 기억나지 않으면 잠에서 깬 후 바로 일어나지 말고 꿈의 내용을 천천히 생각해 보세요. 그러면 꿈을 기억할 수도 있어요. 우리는 주로 깨어나기 직전에 꾼 꿈을 기억한답니다.

우리가 꿈을 꾸는 것은 '렘수면'에 빠졌을 때예요. 렘수면은 몸은 자고 있지만 뇌는 반쯤 깨어 있는 상태를 말해요. 렘수면이 아닌 상태를 비렘수면이라고 하는데, 하룻밤 동안 렘수면과 비렘수면이 번갈아 나타납니다.

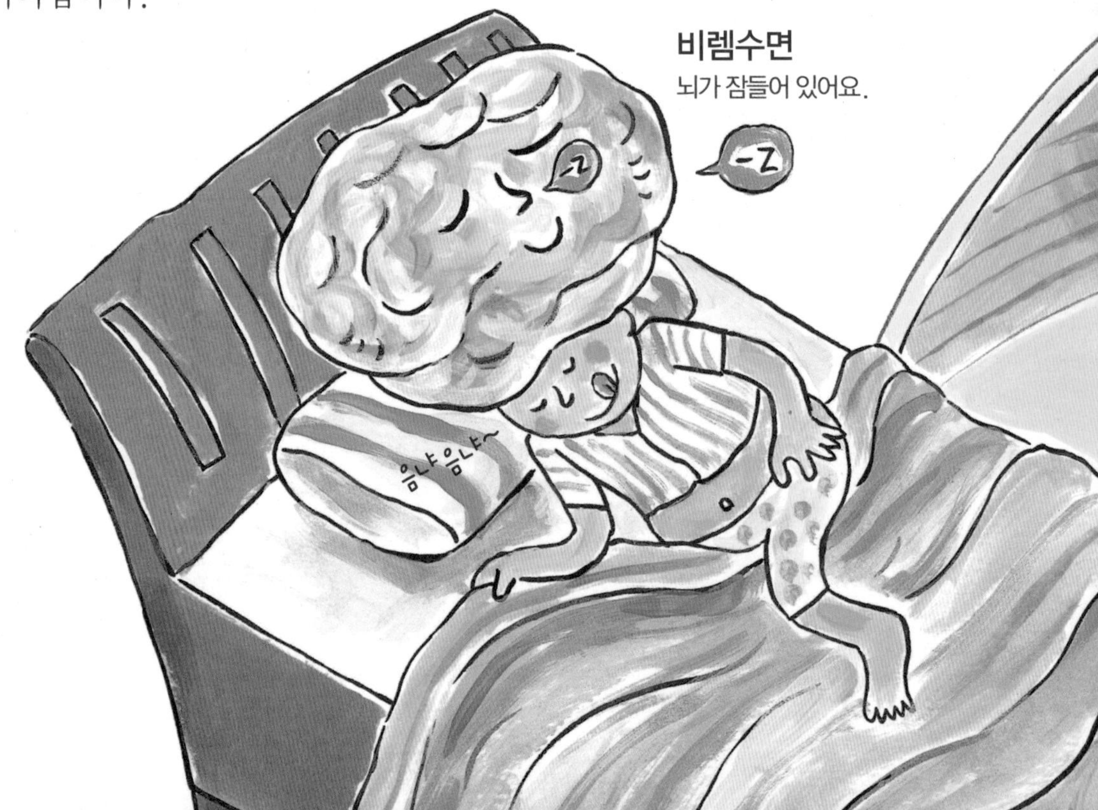

잠을 자는 시간이 길면 렘수면도 길어져 꿈도 많이 꾸게 되지요. 꿈은 뇌가 낮에 일어난 일을 기억하고 정리하는 것이에요. 새로 알게 된 것을 차례차례 기억하면서 예전 기억과 연결시키기도 하지요.

기분 좋은 꿈을 꿀 때도 있지만 무섭고 기분 나쁜 꿈을 꿀 때도 있지요? 꿈은 자신의 마음 상태를 보여 주는 거울과 같아요. 그래서 잠을 자기 전에 마음을 편안히 하고 좋은 생각을 많이 하면 기분 좋은 꿈을 꿀 수 있답니다.

진귀한 기록이 많은 기네스 도전 중에는 발 간지럼 참기 부문도 있다고 해요. 냄새나는 발을 간질이는 사람도, 그것을 참는 사람도 쉽지 않은 도전일 거예요. 간지럼을 타는 것은 피부가 느끼는 촉각과 관계가 깊어요. 우리 몸은 다섯 가지 감각을 가지고 있어요. 눈으로 볼 수 있는 시각, 코로 냄새를 맡는 후각, 귀로 소리를 듣는 청각, 혀로 맛을 느끼는 미각 그리고 피부가 느끼는 촉각이 그것이지요.

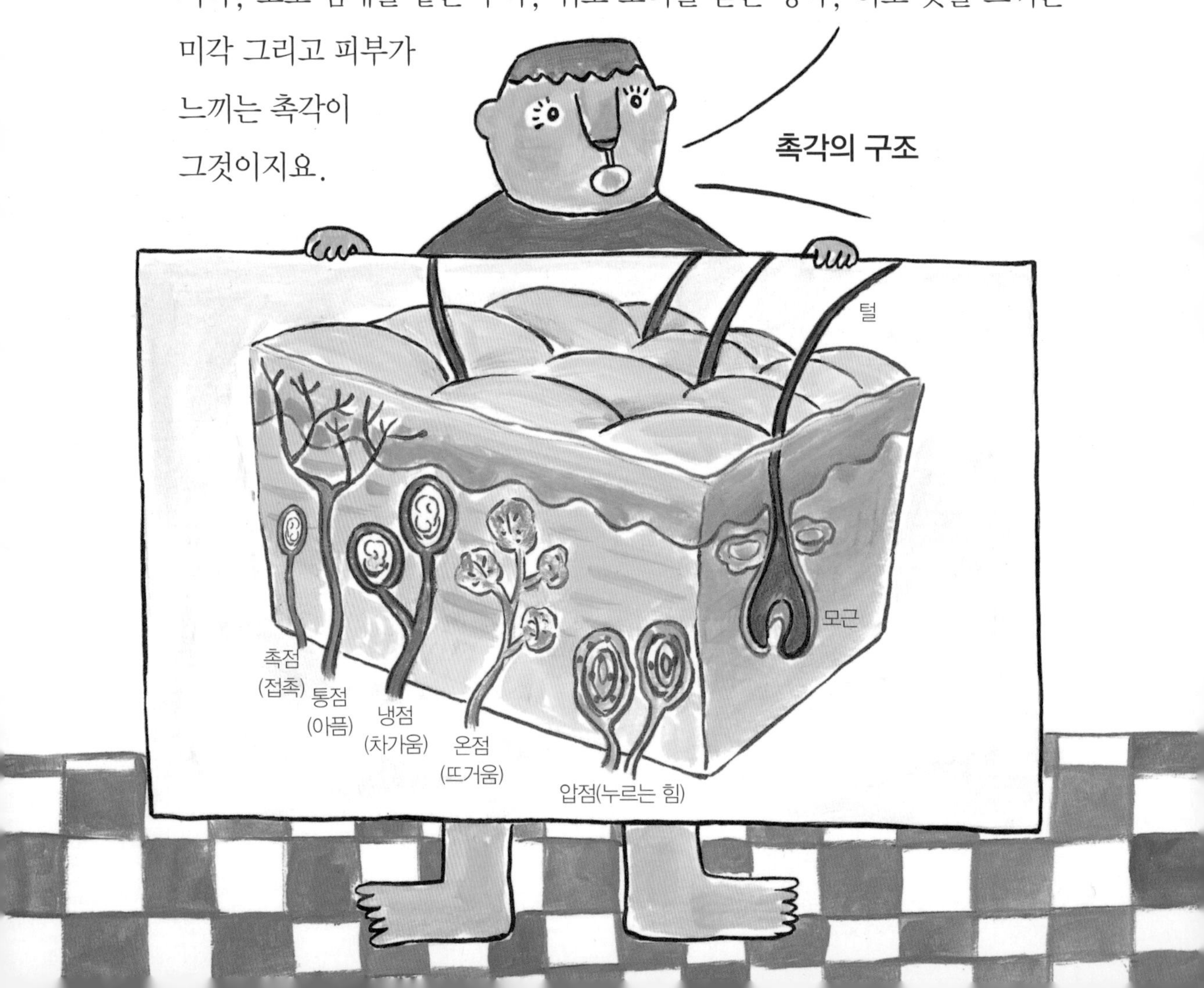

촉각의 구조

털
모근
촉점(접촉)
통점(아픔)
냉점(차가움)
온점(뜨거움)
압점(누르는 힘)

이 중 촉각은 피부 속에 있는 다섯 가지 감각점인 냉점, 온점, 통점, 압점, 촉점 때문에 생겨요. 냉점은 차가움, 온점은 뜨거움, 통점은 아픔, 압점은 누르는 힘, 촉점은 살갗에 닿는 것을 느끼는 감각점이지요.

그런데 감각점은 동시에 여러 가지가 작용하여 느낌을 전달하기도 해요. 그 대표적인 것이 바로 간지럼이에요. 간지럼은 통점, 압점, 촉점이 동시에 작용하여 느끼는 것이랍니다.

사실 간지럼을 지나치게 참으면 위험해요. 간지럼을 많이 타는 부위인 겨드랑이, 목, 손바닥, 발바닥은 아픔을 느끼는 감각이 더 예민해서 너무 심하게 간지럼을 태우면 고통을 느끼게 됩니다. 그래서 아주 옛날 그리스에서는 죄를 진 사람에게 간지럼을 태우는 벌을 주기도 했답니다.

간지럼을 많이 타는 곳

우리 몸

때는 왜 계속 생기지? 48

피부를 때수건으로 문지르면 때가 밀려 나와요. 밀기 전에는 보이지 않던 때들이 어디서 생겨나는지 참 신기하지요.

피부는 여러 층으로 이루어져 있는데 피부 안쪽에서는 계속 세포를 만들어 내어 이전에 있던 세포를 조금씩 바깥으로 밀어내요. 이렇게 가장 바깥까지 밀려 나간 세포는 죽은 뒤 몸에서 떨어져 나가지요. 이것이 때로 나오는 거예요. 안쪽 세포가 때가 되기까지는 약 한 달 정도 걸립니다.

피부의 가장 바깥쪽을 각질층이라고 합니다. 각질층은 손바닥과 발바닥에서 가장 두꺼워요.

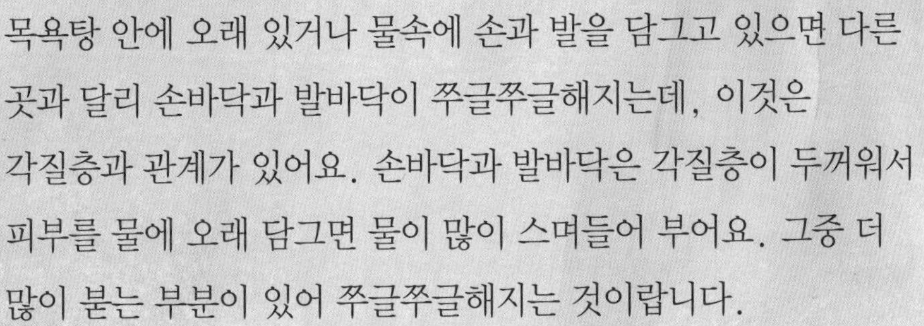

목욕탕 안에 오래 있거나 물속에 손과 발을 담그고 있으면 다른 곳과 달리 손바닥과 발바닥이 쭈글쭈글해지는데, 이것은 각질층과 관계가 있어요. 손바닥과 발바닥은 각질층이 두꺼워서 피부를 물에 오래 담그면 물이 많이 스며들어 부어요. 그중 더 많이 붇는 부분이 있어 쭈글쭈글해지는 것이랍니다.

➕ 우리 몸에서 평생 동안 떨어져 나가는 피부 조각을 모으면 47.6킬로그램이나 된다고 해요. 이것은 피부 1000 겹에 해당하는 양이에요.

49 우리 몸 추울 때 소름이 돋는 이유

너도 닭살이구나!

갑자기 추운 곳에 가면 우리 피부는 털을 뽑아 놓은 닭의 살갗처럼 오톨도톨해져요. 그래서 소름이 돋는 것을 닭살이라고 하지요. 이렇게 소름이 돋는 것은 추위에서 우리 몸을 보호하기 위한 방어 수단이에요.

우리 몸은 더우면 혈관에서 피부를 통해 열을 몸 밖으로 내보내어 체온을

조절해요. 땀구멍과 털구멍을 활짝 열어 뜨거운 열을 밖으로 내보내는 것이지요. 반대로 추운 곳에 가면 열을 빼앗기지 않으려고 피부를 긴장시키며 땀구멍과 털구멍을 닫습니다. 그러면 털이 당겨지면서 피부가 부풀어 올라 오톨도톨한 상태가 되지요. 즉 소름이 돋는 거예요.
소름 덕분에 우리 피부는 저절로 조금 도톰해지고, 털이 삐죽 곤두서서 차가운 공기가 살갗에 덜 닿게 됩니다. 추울 때뿐 아니라 오싹오싹 무서운 느낌이 들 때에도 이렇게 소름이 돋곤 한답니다.

추우면 몸이 부들부들 떨릴 때가 있어요. 몸의 체온이 내려가지 않도록 근육이 열을 만들기 위해 활발하게 움직이는 거예요. 이것이 피부에 전달되어 부들부들 떨리는 것이지요.

50 우리 몸 주름은 싫어

우리 몸의 근육은 탄력을 가지고 있어요. 탄력이란 원래의 모양으로 되돌아가는 힘을 말해요. 우리의 살갗이 팽팽한 것도 근육이 살갗을 당기기 때문이에요. 그런데 스무 살이 넘으면 근육의 탄력이 점점 줄어들어 살갗을 팽팽하게 당기지 못해요. 그래서 살이 아래로 처지고, 반복해서 움직이던 살갗에 자국이 남는데 이것이 바로 주름이에요.

주름은 어린아이에게는 없고, 할아버지와 할머니에게 많으니 세상을 오래 살았다는 표시라고 이야기하기도 해요. 하지만 할아버지, 할머니라고 모두 똑같이 주름이 많은 것은 아니에요. 어떤 분은 주름이 적고, 어떤 분은 주름이 깊고 많지요.

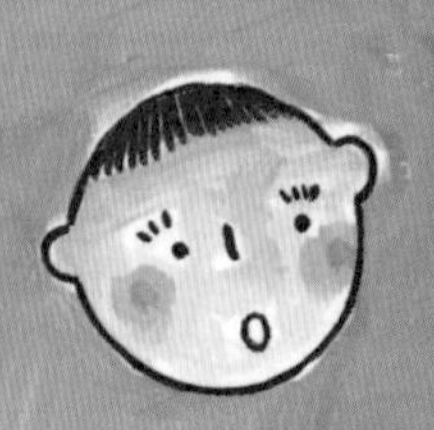

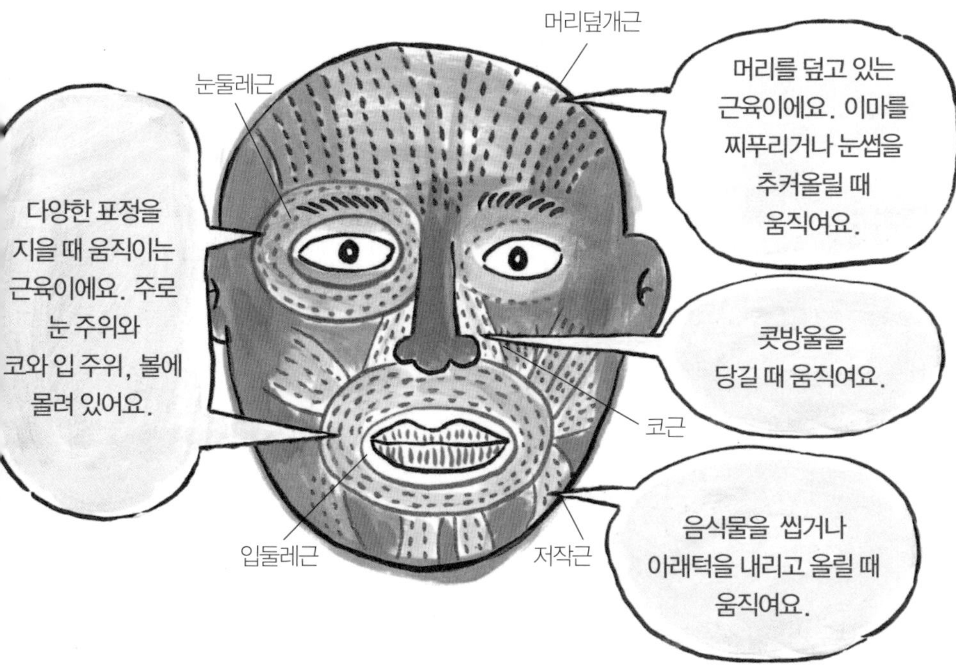

주름은 햇빛이나 바람을 자주 쐬어 피부 세포가 파괴되면 많이 생겨요. 또 피부에 영양이 부족해도 많이 생기지요. 평소 어떤 표정을 자주 짓느냐에 따라서도 달라져요. 많이 웃거나 환한 표정을 자주 짓는 사람은 주름이 적고, 많이 울거나 찡그린 표정을 자주 짓는 사람은 주름이 많이 생긴답니다. 울거나 찡그린 표정을 지을 때는 얼굴 근육을 더 많이 움직이기 때문이에요. 항상 웃는 얼굴로 다니면 주름도 덜 생기고, 예쁜 얼굴이 되겠지요?

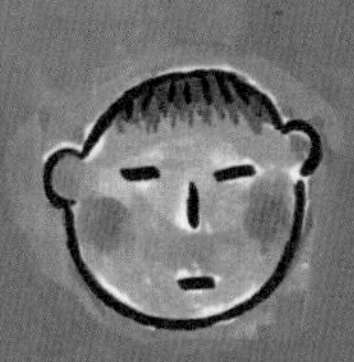

우리 몸

51 지문 이야기

우리는 손으로 참 많은 일을 해요. 무언가를 만지고, 잡고, 누르고, 문지르기도 하지요. 그런데 만약 우리 손가락이 매끈매끈하다면 어떨까요? 물건을 꼭 쥐기도 힘들고, 무엇인가를 붙잡아 당기기도 어려울 거예요. 다행히도 우리 손가락에는 지문이 있어서 잘 미끄러지지 않고 이런 일들을 할 수 있어요.

가만히 들여다보면 손가락뿐 아니라 발바닥에도 잔주름이 있다는 걸 알 수 있어요. 발바닥에 있는 주름을 '족문'이라고 해요. 이 족문 덕분에 우리는 미끄러지지 않고 서 있을 수 있어요.

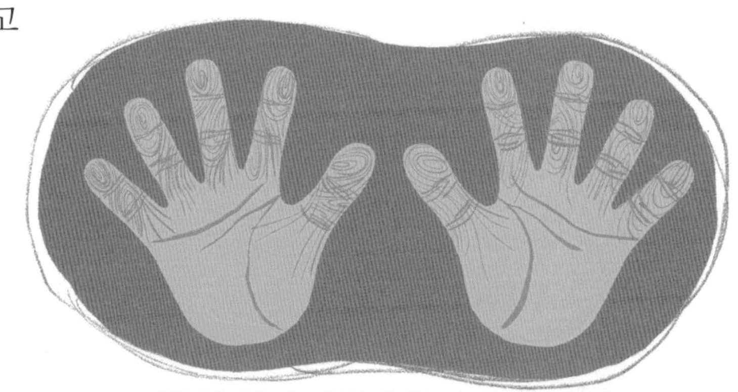

지문이 있기 때문에 할 수 있는 것들

미끄러지지 않아요.

만진 느낌을 알아요.

중요한 문서에 도장 대신 찍어요.

동물도 지문이 있을까?

지문은 사람뿐 아니라 원숭이나 고릴라, 침팬지 같은 동물에게도 있어요. 손과 발로 무엇인가를 꽉 움켜쥘 줄 아는 동물에게는 모두 있는 것이죠. 이런 동물은 손과 발을 이용해 나뭇가지를 움켜쥐고 대롱대롱 매달리거나, 이 나무에서 저 나무로 풀쩍풀쩍 건너뛰기도 해요.

지문으로 범인 찾기

여러 사람의 지문을 살펴보세요. 아주 동그란 모양, 달걀 같은 모양, 한쪽으로 일그러진 모양 등 다양해요. 이렇게 사람마다 모양이 달라서 지문은 범인을 찾는 데 활용됩니다.

유리를 만진 다음 입김을 호 하고 불어 보세요. 지문의 모양이 유리에 그대로 남아 있을 거예요. 수사관은 바로 이 점을 이용합니다. 먼저 지문이 묻어 있을 만한 곳에 아주 고운 알루미늄 가루나 숯가루 따위를 뿌리고, 그 다음에 붓으로 조심조심 가루를 털어내면 지문의 모양이 드러납니다.

우리 몸 52

나도 대머리가 될까?

남자 어른 중에는 머리카락이 많이 빠져 걱정하는 사람이 많아요. 심하면 이마가 넓어지거나, 머리카락이 없어 피부가 그대로 드러나기도 하지요. 머리카락이 없으면 보기에도 멋지지 않지만 머리를 부딪쳤을 때 남들보다 더 많이 아파요. 머리카락은 머리를 보호해 주는 역할도 하거든요. 또 여름에는 머리 피부가 햇빛을 직접 받는 것을 막아 주고, 겨울에는 머리가 춥지 않게 해 주는 역할도 하지요.

대머리가 되는 것은 남성 호르몬과 관계가 깊습니다. 남성 호르몬 속에는 머리카락이 나는 것을 방해하는 물질이 들어 있어요. 그래서 여자보다 남자에게 대머리가 많이 나타나지요.

대머리는 유전될 수 있어요. 할아버지가 대머리인 경우, 그 아들이나 손자는 대머리가 될 가능성이 아주 높답니다.

흰머리가 계속 늘어 걱정인 사람도 있어요. 머리카락이 까만 것은 머리카락 뿌리에 멜라닌 색소가 있기 때문이에요. 나이가 들면 이 멜라닌 색소가 점점 없어져서 흰머리가 생기기 시작하는 거예요. 나이가 들면서 나타나는 자연스러운 현상이라고 할 수 있지요. 하지만 젊은 나이인데도 흰머리가 있는 사람을 종종 보게 돼요. 이러한 흰머리를 새치라고 하는데, 이것도 유전되는 경우가 많답니다.

요즘에는 스트레스 때문에 대머리가 되거나 흰머리가 생기는 경우가 많아요. 머리카락 뿌리가 약해져 머리가 빠지거나, 멜라닌 색소가 머리카락 뿌리에 잘 공급되지 못해 머리가 희게 되는 거예요.

할아버지께 여쭤 보렴!

우린 왜 대머리야?

나, 할아버지 아니야!

할아버지!

+ 머리카락은 하루에 50~100가닥 정도가 빠져요. 하지만 그만큼 새로 나서 늘 일정한 수를 유지하지요.

우리 몸

53 머리카락을 계속 안 자르면?

사람의 머리카락이 몇 개인지 일일이 헤아려 볼 수는 없어요. 하지만 보통 5만~7만 개 정도의 머리카락을 갖고 있다고 해요. 머리카락은 5년 정도 지나면 수명이 다해 빠지고 새로운 머리카락이 나요. 이렇게 빠지는 머리카락은 하루에 50~70가닥 가량 됩니다.

머리카락을 자르지 않으면 계속해서 길게 자라요. 만약 평생 동안 머리카락을 기른다면 10미터도 훨씬 넘게 자랄 거예요. 하지만 아직 이렇게까지 머리카락을 길렀다는 사람은 없어요. 우리 머리카락은 하루에 평균 0.2~0.5밀리미터씩 자라는데, 이런 머리카락을 1년 내내 자르지 않고 내버려 둔다면 18센티미터가 조금 넘을 거예요. 하지만 실제로는 그보다 짧답니다. 머리카락은 자라면서 저절로 닳거나 조금씩 끊어지기도 하거든요. 또 아주 길어지면 저절로 뽑혀 나가고, 털구멍에서 새로운 머리카락이 나와 자랍니다.

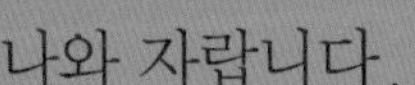

베트남에 사는 어느 할아버지는 50년간 단 한 번도 머리카락을 자르지 않고 길렀는데, 그 길이가 자그마치 6.8미터나 되었다고 해요. 머리카락은 보통 16~24세 때 빨리 자라고, 나이가 들수록 천천히 자라요. 그리고 하루 중 낮보다 밤에 더 잘 자라고, 가을과 겨울보다는 봄과 여름에 빠르게 자랍니다. 또 같은 사람이라도 몸이 아플 때는 잘 자라지 않고, 건강할 때 좀 더 빨리 자란다고 해요.

54 우리 몸

밝은 곳에 가면 왜 눈이 부실까?

우리는 눈이 있어서 세상을 볼 수 있어요. 그러나 눈만 있다고 볼 수 있는 건 아니에요. 빛도 있어야 볼 수 있지요. 우리가 무엇을 볼 수 있는 것은 물체에서 반사한 빛이 눈으로 들어와 사진을 찍듯이 상을 맺기 때문이에요.

물체에서 반사한 빛은 가장 먼저 눈의 겉 부분인 각막을 지나 투명한 수정체를 통과해요. 이때 각막과 수정체가 빛을 한곳에 모아 망막에 그 상을 맺히게 하지요. 망막에는 밝고 어두움, 모양, 색을 구별하는 시세포가 있어요. 시세포에는 간상세포와 원추세포가 있는데, 어두운 곳에 있을 때는 간상세포가 밝기와 모양을 구별하는 일을 하고, 밝은 곳으로 나가면 원추세포가 색을 구별하는 일을 해요.

그런데 어두운 곳에서

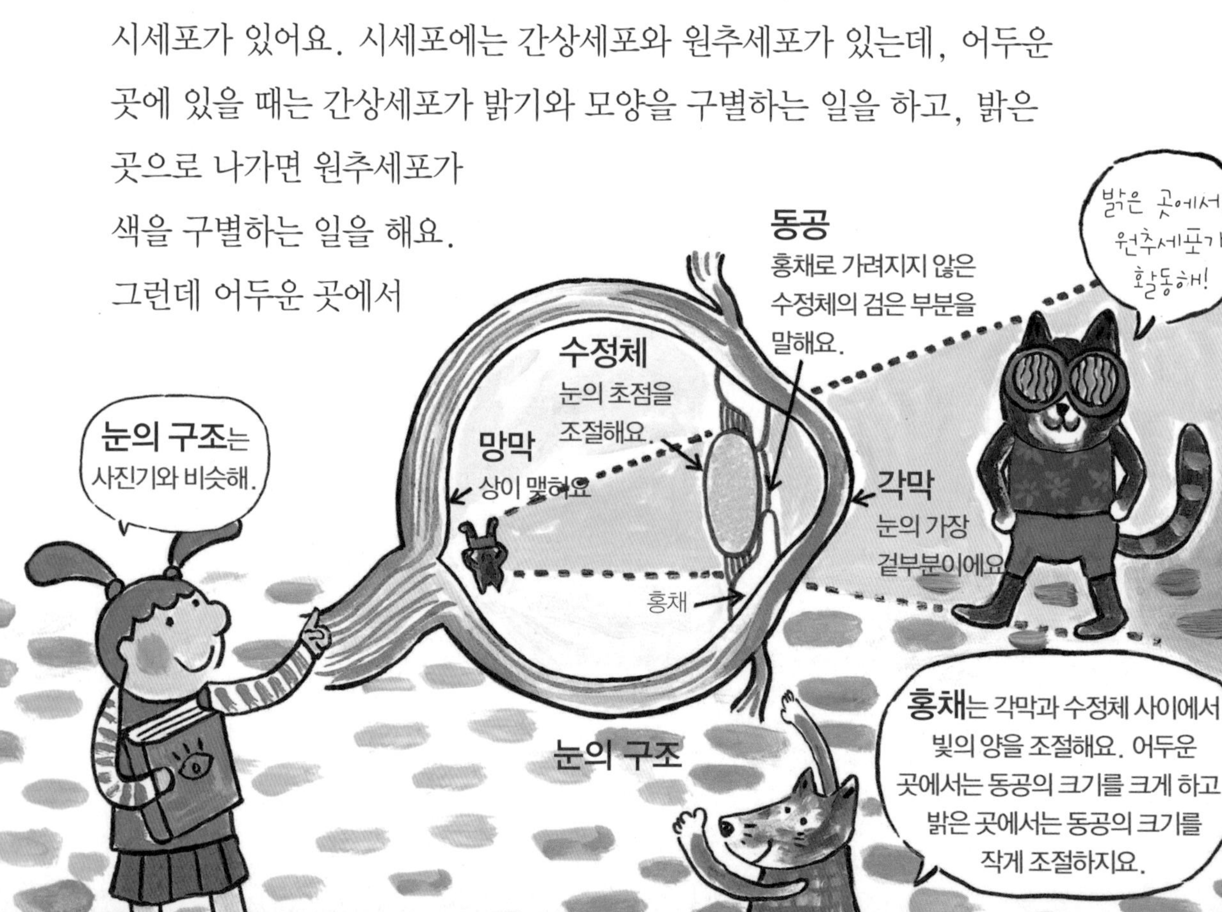

갑작스레 밝은 곳으로 나가면, 눈이 잠시 허둥댑니다. 원추세포가 활동 준비를 미처 못한 데다가, 밝은 빛 때문에 간상세포가 한꺼번에 흥분하기 때문이에요. 그래서 눈이 부셔 잠시 아무것도 볼 수 없게 된답니다. 물론 곧 적응을 하고 잘 볼 수 있게 되지요.

우리 몸

55 텔레비전을 가까이에서 보면 왜 안 되지?

우리 눈이 하는 일은 무언가를 보는 것이에요. 그런데 눈은 너무 강한 빛이라든가, 너무 빨리 움직이는 그림 같은 것을 싫어해요. 금세 지치니까요. 또 무언가를 너무 가까이에서 보거나, 오랫동안 한곳을 뚫어지게 바라보아도 눈은 금세 지쳐 버려요. 이렇게 눈을 자꾸 고생시키면 시력이 나빠져요. 텔레비전 볼 때를 생각해 보세요. 한번 보기 시작하면, 1시간이고 2시간이고 텔레비전 화면만 뚫어져라 쳐다보지요? 또 텔레비전 앞에 바짝 다가가 보는 경우도 많아요. 우리 눈에 있는 수정체는 가까이 있는 것을 볼 때는 두꺼워지고, 멀리 있는 것을 볼 때는 얇아져요. 그런데 가까이 있는 것을 너무 오래 보면 수정체가 긴 시간 동안 두껍게 유지되어, 나중에 먼 곳의 물체를 볼 때에도 쉽게 얇아지지 않아요. 그래서 잘 보이지 않게 되지요.

근시와 원시

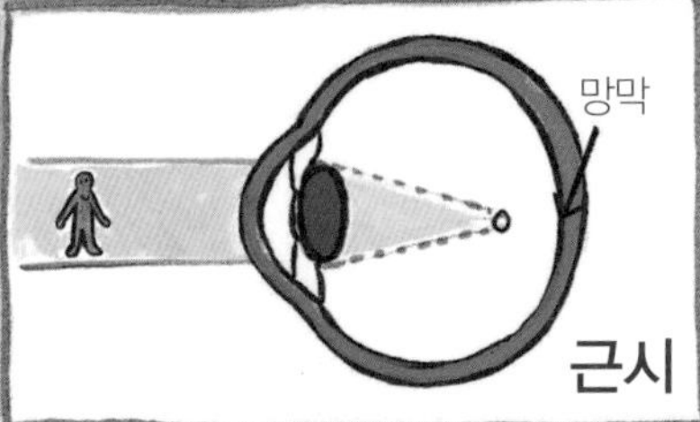

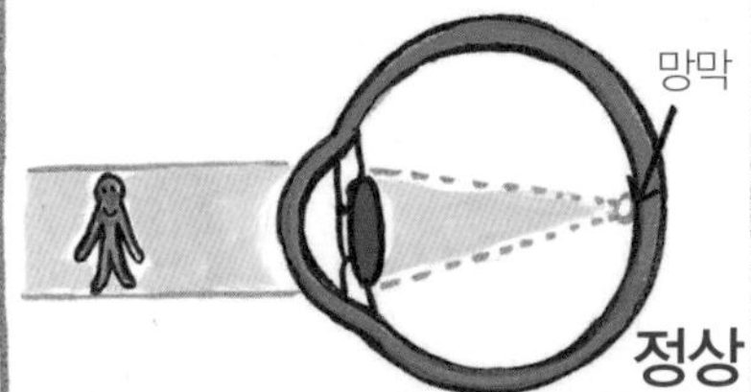

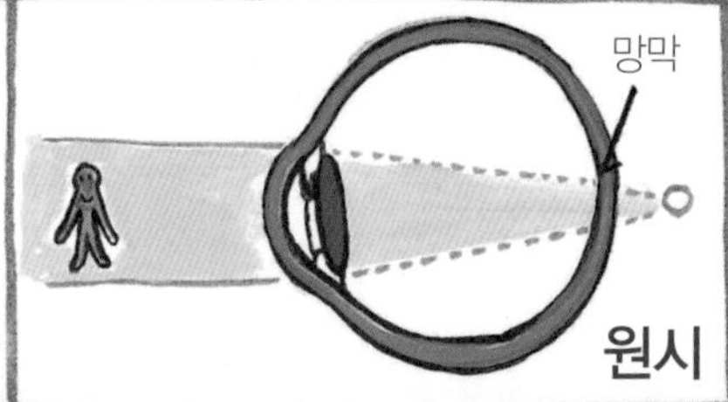

근시	정상	원시
빛이 너무 많이 꺾여서 망막 앞에 상이 맺히면, 멀리 있는 것이 잘 안 보여요. 이것을 **근시**라고 해요. 텔레비전을 가까이에서 보면 근시가 될 수 있어요.	사물을 튕겨 나온 빛이 망막에 닿아 상이 맺히면, 이것이 뇌로 전달되어 사물이 보이게 된답니다.	빛이 너무 적게 꺾여서 망막 뒤에 상이 맺히면, 가까이 있는 것이 잘 안 보이지요. 이것을 **원시**라고 하는데, 할머니와 할아버지에게 많아요. 이럴 때는 돋보기 안경을 써야 해요.

눈을 보호하는 방법

당근이나 간 등 눈에 좋은 음식을 많이 먹어.

위로

옆으로

아래로

옆으로

눈 운동을 열심히 해.

하늘, 산 등 파란색이나 초록색 사물을 자주 봐.

우리 몸 56

눈물이 나는 이유

눈물은 우리 눈을 보호하는 역할을 해요. 눈을 언제나 촉촉하게 적셔 주어 눈동자가 부드럽게 움직일 수 있도록 하고, 눈에 들어온 작은 먼지를 씻어 내지요. 만약 눈물이 나오지 않거나 너무 적게 나오면, 눈동자를 움직이거나 눈꺼풀을 깜빡거릴 때마다 몹시 아플 거예요. 아니, 눈동자를 움직이거나 눈꺼풀을 깜빡일 수도 없을 거예요.

우리가 느끼지 못하지만 우리 눈 속에서는 항상 눈물이 조금씩 나오고 있어요. 눈물샘에 고여 있다가 조금씩 밖으로 흘러나와 우리 눈을

촉촉하게 해 줍니다. 그런데 하품을 하면 눈물이 뚝 떨어지기도 해요. 하품을 하느라 입을 크게 벌리게 되면서 얼굴 근육이 눈물샘을 눌러 눈물샘에 고여 있던 눈물이 쏙 나오는 것이지요.

하품을 할 때 말고도 뇌가 "눈물을 흘려라!" 하고 명령을 내릴 때가 있어요. 슬프거나 너무 화가 날 때, 또 아플 때는 뇌에서 눈물을 흘리라고 명령을 내리지요. 양파나 파를 썰 때도 눈물이 나오는데, 양파나 파의 매운 성분이 눈을 자극해서 눈물이 나오는 거랍니다.

➕ 하품을 여러 번 하면 눈물주머니가 텅 비기 때문에 눈물이 더 이상 나오지 않아요.

57 심하게 웃으면 배꼽이 빠질까?

재미있는 이야기를 들으면 '배꼽이 빠지게 웃었다.', '배꼽 잡고 웃었다.'라고 표현해요. 그런데 배꼽이 빠지기도 할까요?

배꼽은 엄마와 나를 이어 주던 탯줄이 떨어지면서 배 한가운데 생긴 흔적이에요. 우리는 엄마 배 속에 있을 때 탯줄을 통해 숨을 쉬고 밥을 먹었어요. 탯줄은 배 속 아기에게 필요한 산소와 영양분을 전해주는 길이거든요. 탯줄은 생명줄이지요.

엄마 배 속에서 280일을 크고 세상에 나온 아기는 이제 스스로 숨을 쉬고, 젖을 먹을 수 있어요. 이제 탯줄을 자를 때가 된 거예요. 이 탯줄을 자른 자리가 우리 몸에 배꼽으로 남아 있는 거랍니다.

배꼽은 움푹 패어 있어 때가 생기기 쉬워요. 하지만 함부로 때를 파면 안 돼요. 배꼽은 다른 곳의 피부보다 연약하고 민감해서 손에서 옮긴 세균이나 자극에 상처를 입을 수 있습니다.

동물도 배꼽이 있을까요? 개나 원숭이처럼 어미 젖을 먹고 자라는 포유동물은 모두 배꼽이 있어요. 그러나 알에서 태어나는 동물인 새나 개구리, 뱀은 배꼽이 없답니다.

아기가 태어나기까지

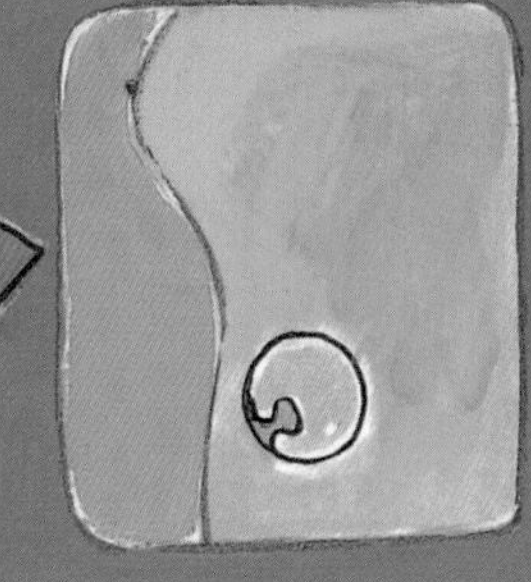

1개월 아기는 손톱보다 작아요.

2개월 손가락, 발가락이 생겨요.

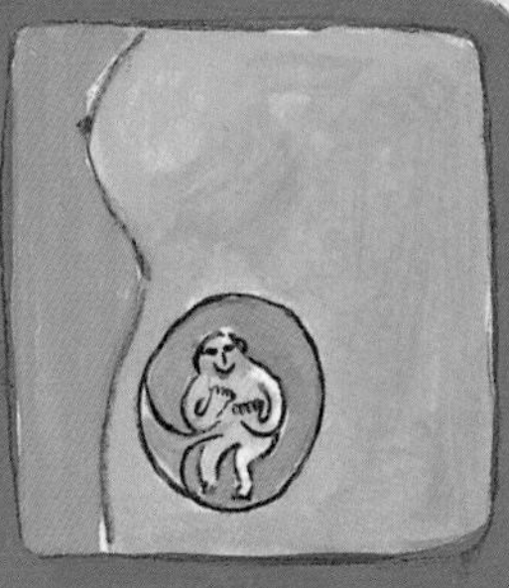

3개월 눈, 코, 입 등 얼굴 모습을 갖추어요.

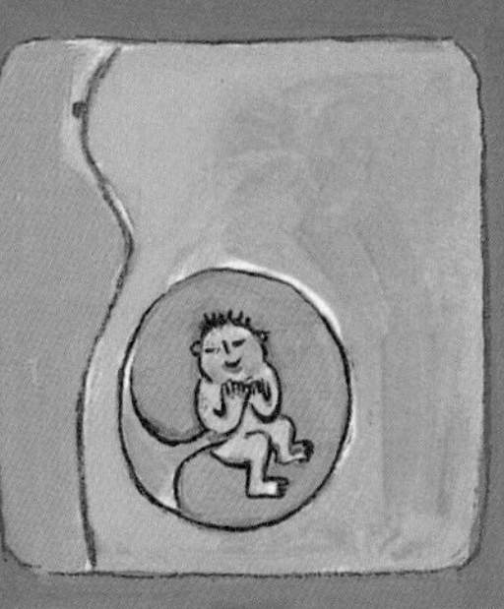

4개월 키가 18센티미터 정도 되고, 머리카락이 자라요.

5개월 손과 발을 마음껏 움직여요.

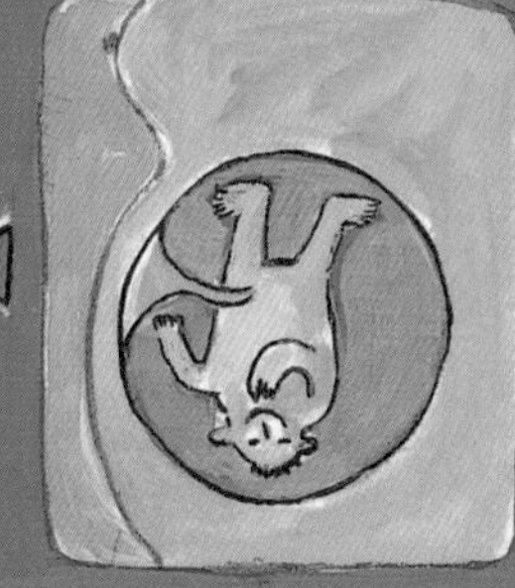

6개월 이리저리 움직이며 몸의 위치를 바꿔요.

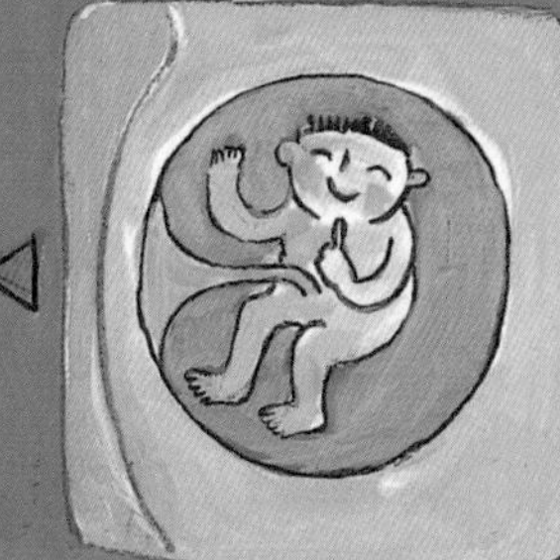

7개월 소리를 듣고, 맛을 느껴요.

8개월 키가 40센티미터 정도 되고, 좋아하는 소리와 싫어하는 소리가 생겨요.

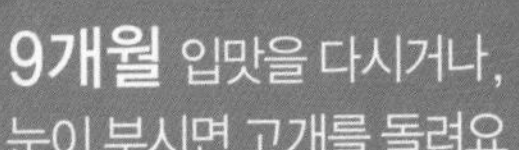

9개월 입맛을 다시거나, 눈이 부시면 고개를 돌려요.

280일 키는 50센티미터 정도 되고, 몸무게는 3킬로그램 정도 돼요. 세상에 태어나 엄마, 아빠를 만나지요.

우리 몸

58 남자와 여자의 몸은 뭐가 다르지?

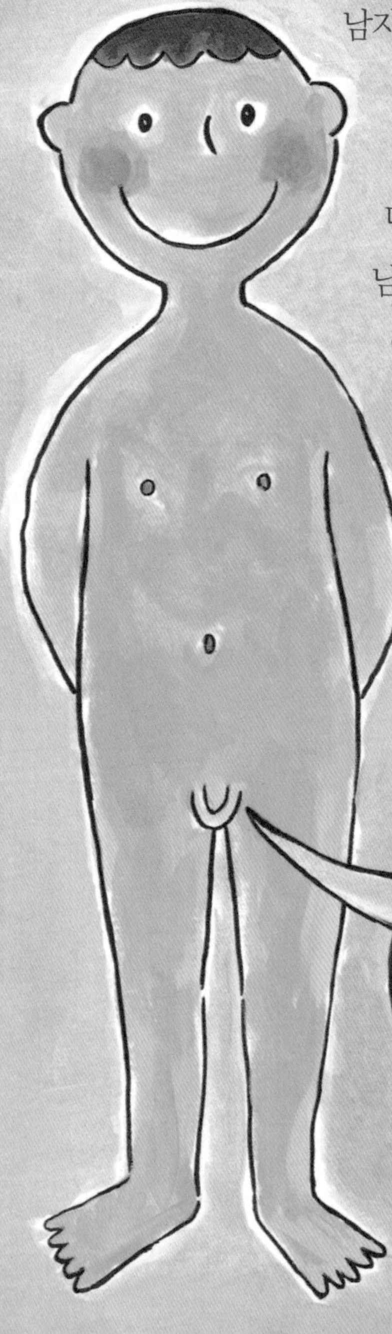

남자와 여자는 생긴 모습이 서로 달라요. 특히 아기를 낳는 데 필요한 기관인 생식기가 다르게 생겼어요. 이것은 아기를 낳는 데 남자와 여자의 역할이 서로 다르기 때문이에요.

남자의 몸에 있는 고추는 음경과 두 개의 고환으로 이루어져 있어요. 남자의 아기씨인 정자는 고환에서 만들어져 음경을 통해 여자의 몸속으로 들어가지요.

남자와 달리 여자의 생식기는 배 속에 있답니다.

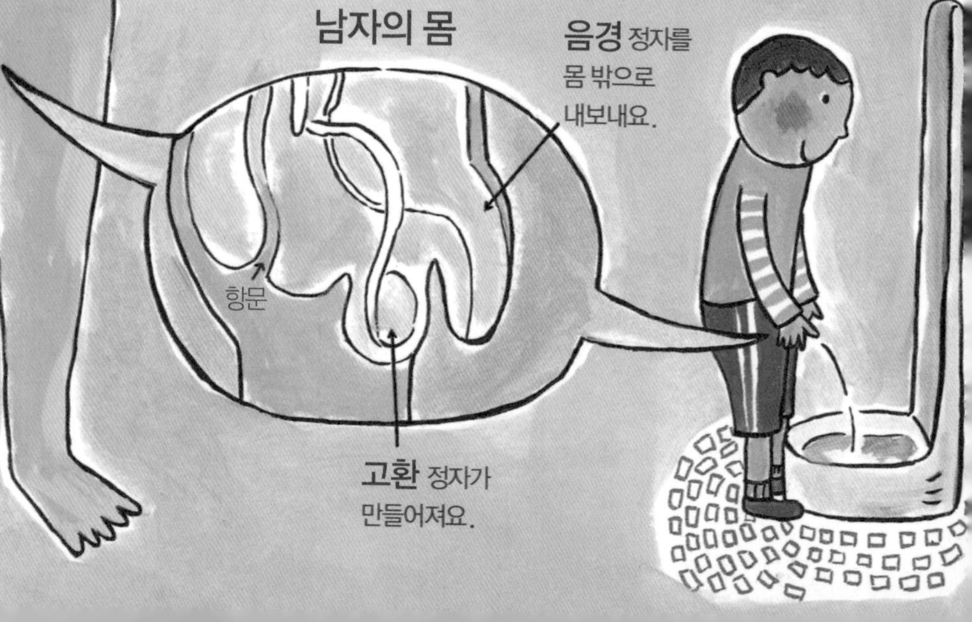

남자의 몸

음경 정자를 몸 밖으로 내보내요.

항문

고환 정자가 만들어져요.

여자의 배 속에는 난소가 있어요. 여기서 한 달에 한 번씩 여자의 아기씨인 난자가 만들어지지요.

이렇게 각각 남자와 여자의 몸에서 만들어진 정자와 난자가 만나면 아기가 생겨요. 아기는 엄마 몸속 자궁에서 자라요. 자궁은 280일 동안 아기를 안전하게 보호해 주는 역할을 하지요. 우리 몸에서 아기를 만드는 곳은 굉장히 중요하고 소중해요. 그러니 항상 깨끗하게 하고, 잘 보호해야 한답니다.

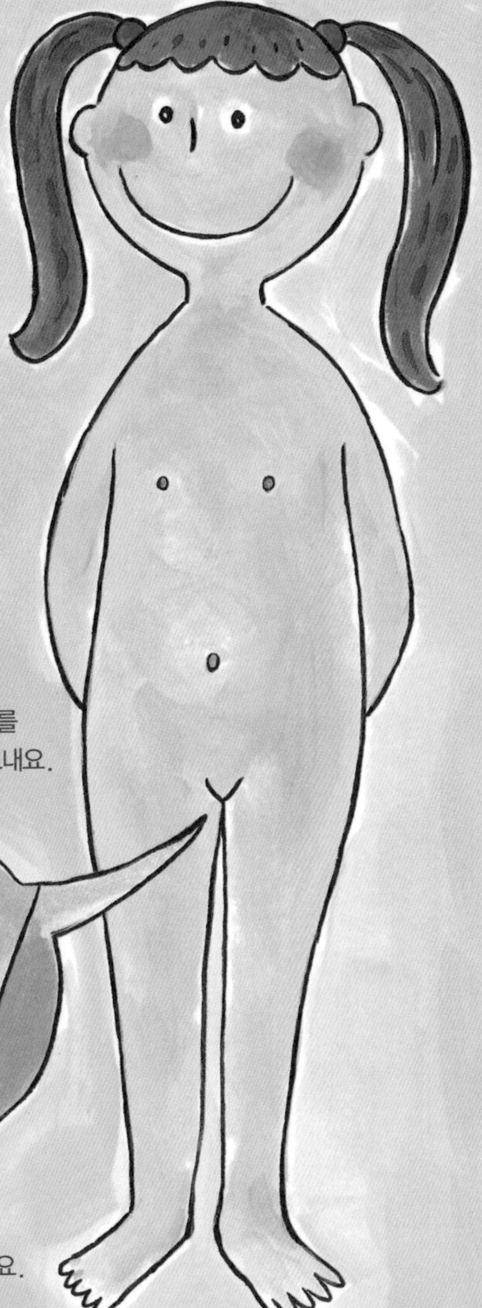

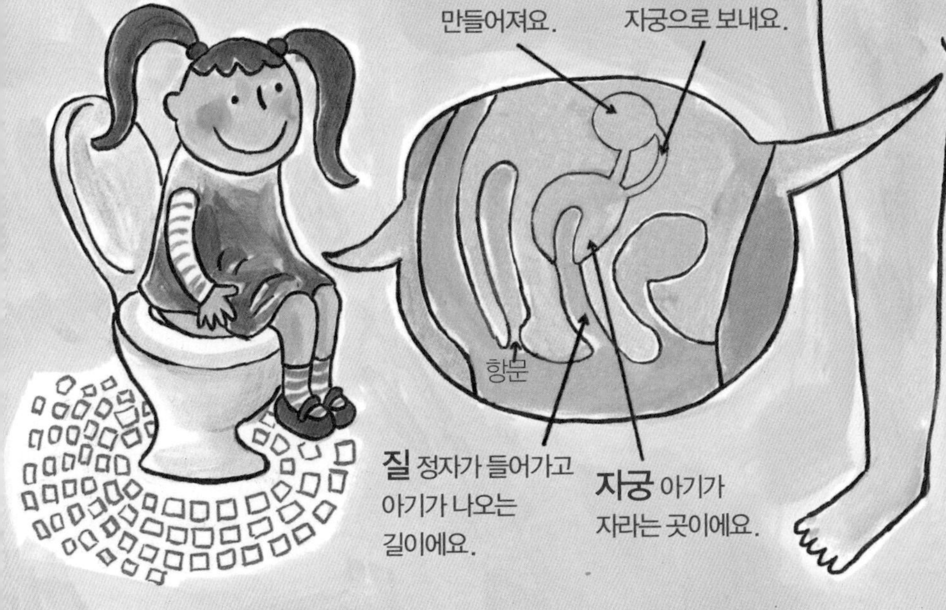

여자의 몸

난소 난자가 만들어져요.

난관 난자를 자궁으로 보내요.

항문

질 정자가 들어가고 아기가 나오는 길이에요.

자궁 아기가 자라는 곳이에요.

우리 몸

59 어른은 왜 털이 있을까?

아이가 자라서 13~15세가 되면 몸에 서서히 변화가 나타나요. 이때부터 성호르몬이 나오기 시작하는데, 남자는 테스토스테론, 여자는 에스트로겐이라는 성호르몬에 의해 몸에 변화가 일어나지요.

성호르몬이 나오기 시작하면 남자의 몸에서는 정자가 만들어지고, 겉으로 보기에도 커다란 변화가 나타나요. 고추 주변과 겨드랑이, 다리와 가슴 등에 털이 나지요. 그리고 얼굴에는 수염이 나고, 목소리도 굵어진답니다.

바로 어른이 되고 있다는 증거예요.

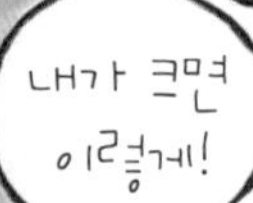

여자의 몸에서는 난자를 만들어 내기 시작해요. 또 아기집인 자궁에서는 한 달에 한 번씩 피가 흘러나와요. 이것을 '월경'이라고 하는데, 자궁에 있는 막이 벗겨지면서 나오는 것이에요. 월경은 아기를 낳을 수 있다는 신호이지요.
가슴이 봉긋하게 솟아올라 점차 커지고, 엉덩이도 커져요. 그리고 겨드랑이와 바깥 생식기 주변에도 털이 나기 시작하지요.
남자와 여자에게 일어나는 이런 모든 변화는 우리 몸이 아빠와 엄마가 될 수 있도록 준비하는 거예요.

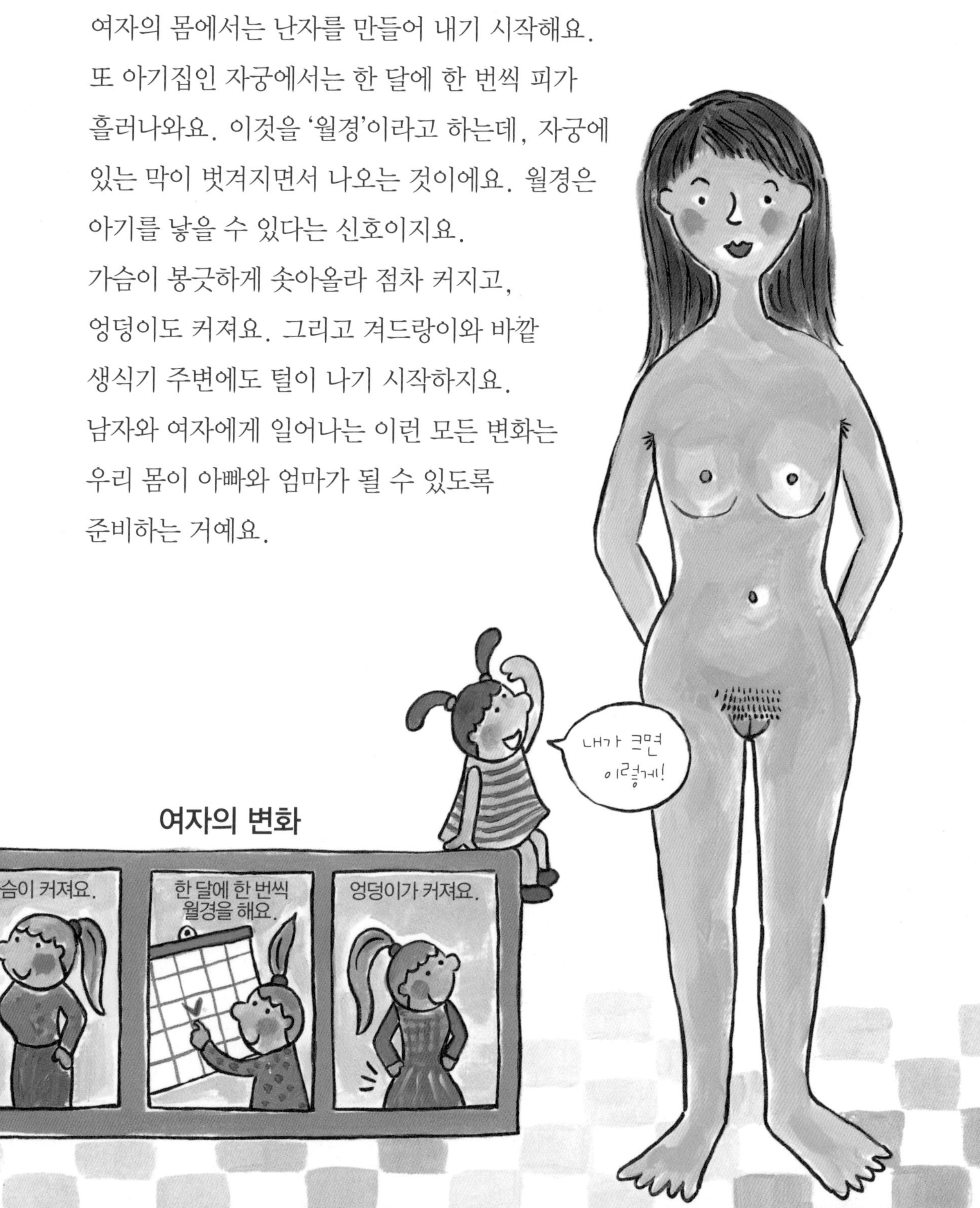

60 동물

동물이 자기 몸을 보호하는 방법

군인 아저씨들이 입는 옷을 보면 짙은 초록색이에요. 숲에서 싸울 때 적들의 눈에 잘 띄지 않으려고 나뭇잎과 비슷한 색의 옷을 입는 것이지요. 동물 중에도 군인 아저씨처럼 적의 눈에 잘 띄지 않는 몸 색깔을 하고 있는 동물이 있어요. 이런 몸 색깔을 '보호색'이라고 해요.

배추벌레는 배추 잎사귀와 같은 몸 색깔이어서 배추벌레를 먹이로 잡아먹는 새들의 눈을 피할 수 있어요. 또 바다 밑 모랫바닥에서 사는 가자미와 넙치는 몸 색깔이 바다 밑 모래의 색과 비슷해 잘 보이지 않는답니다.

이처럼 잡아먹히지 않기 위한 보호색도 있지만 잘 잡아먹기 위한 보호색도 있어요. 북극곰은 흰색 털 덕분에 하얀 눈과 얼음으로 가득한 북극에서 다른 동물의 눈에 잘 띄지 않아요. 코만 얼음으로 가리면 먹잇감이 눈치채지 못하게 다가갈 수 있지요.

몸 색깔을 자기 마음대로 바꿀 수 있는 동물도 있어요. 카멜레온은 빛의 세기, 온도, 감정 변화 등에 따라서 몸의 색깔을 바꾼답니다.

이 밖에도 고슴도치는 몸의 털을 이용해 스스로를 보호해요. 적이 나타나면 몸을 둥그렇게 말아 밤송이처럼 만들고 뾰족한 털을 세우지요.

냄새 대왕 스컹크는 적이 나타나면 궁둥이를 내밀고 방귀를 내뿜어요. 사실 방귀가 아니라, 오줌 같은 물을 내뿜지요. 이것이 적의 눈에 들어가면 앞이 안 보이고 냄새도 지독해서 잠시 정신을 잃기도 한답니다.

동물

동물의 꼬리 61

동물에게 꼬리가 있는 것은, 꼬리가 꼭 필요하기 때문이에요. 하지만 동물마다 꼬리가 필요한 이유는 각각 다르답니다. 호랑이나 사자 같은 동물은 몸의 중심을 잡기 위해 꼬리가 필요해요. 호랑이나 사자가 달릴 때, 꼬리를 뒤로 쭉 뻗는 것을 본 적이 있지요? 이렇게 꼬리를 쭉 뻗어서 몸의 중심을 잡고 방향을 바꾼답니다.

소나 얼룩말에게 꼬리는 아주 좋은 파리채입니다. 꼬리로 등을 내리쳐 파리나 모기 같은 벌레를 쫓아 버리니까요.

하마는 똥을 날리는 데 꼬리를 써요. 하마는 똥을 퍼트려 "여기는 내 땅이니까 함부로 들어오지 마." 하고 알리는 습성이 있어요. 그래서 똥을 눌 때, 꼬리를 빙글빙글 돌려 똥을 멀리까지 날리지요.

도롱뇽이나 물뱀 같은 동물은 헤엄을 치는 데 꼬리가 꼭 필요해요. 꼬리를 좌우로 흔들어 앞으로 헤엄쳐 나갑니다.

그 밖에도 꼬리는 여러 가지 역할을 해요. 꼬리가 긴 원숭이는 꼬리로 나뭇가지를 감은 채 거꾸로 매달려 열매를 따 먹고, 나무를 쪼는 딱따구리는 꼬리로 몸을 지탱해서 나무에 오래 붙어 있을 수 있어요.

➕ 아주 오래전 사람에게도 꼬리가 있었다고 해요. 하지만 꼬리를 쓸 일이 없어지자 점차 작아지게 되었지요. 엉덩이가 갈라지는 부분을 손으로 만져 보면 약간 튀어나온 뼈가 만져지는데 이것이 꼬리뼈랍니다.

62 동물 원숭이 엉덩이는 빨개

동물의 살갗 바로 아래에는 피가 흐르는 혈관이 있어요. 그런데 살갗이 너무 희거나 얇으면 혈관이 비쳐요. 혈관이 조금 비치면 살갗이 분홍빛으로 보이고, 많이 비치면 빨갛게 보인답니다.

원숭이 엉덩이가 빨간 건, 바로 엉덩이의 살갗이 희고 얇아서 엉덩이 아래의 혈관이 많이 비치기 때문이에요.

엉덩이뿐만 아니라 얼굴이 빨간 원숭이도 있어요. 얼굴 살갗 아래의 혈관이 비쳐서 빨갛게 보이는 것이지요. 우리의 입술이 붉게 보이는 것도 마찬가지 이유랍니다.

그런데 결혼할 시기가 되면 엉덩이가 더 빨개지는 암컷 원숭이가 있어요. 원숭이들 사이에서는 엉덩이가 빨간 암컷이 예쁘고 건강한 새끼를 낳을 수 있는 원숭이로 통하거든요.

원숭이 엉덩이의 피부 두께

사람의 피부는 두께가 1밀리미터 정도예요. 원숭이의 엉덩이 피부는 이보다 더 얇지요. 얼마나 피부가 얇으면 모세 혈관이 다 비칠까요?

원숭이의 특성을
알아보아요.
암컷 원숭이는
결혼할 때가 되면
엉덩이 색이
더 빨개져요.
아! 결혼하고 싶어.
무리의 우두머리인
수컷은 덩치도
크고 힘도
아주 세요.
모두 덤벼!
내가 다
이겨 주지!
원숭이는 나무 열매나
나뭇잎, 곤충 등을
먹고 살아요.
안 줘!
내 거야!
원숭이는 대부분
나무 위에서
생활하며,
긴 팔로
나무 사이를
건너다녀요.
나뭇가지를
이렇게 잡고
여기저기
옮겨 다녀.
부러지겠다!

동물

63 토끼와 사자의 이빨은 달라

토끼가 풀만 먹고 사자나 호랑이가 고기를 먹는 건 아주 오랜 습관이에요. 동물의 몸은 이런 먹는 습성에 맞춰 변화되어 왔지요.

사자나 호랑이 같은 육식 동물의 이빨은 고기를 뜯어 먹기 쉽도록 뾰족한 모양이에요. 오랫동안 고기만 먹다 보니 이빨이 날카롭게 변한 거예요.

하지만 토끼의 이빨은 사람의 어금니처럼 바닥이 평평해요. 늘 풀만 먹다 보니 풀을 잘 씹는 이빨을 갖게 됐어요.

초식 동물과 육식 동물은 이빨뿐만 아니라 몸속 기관도 차이가 나요.

창자는 동물이 먹은 음식에서 영양분을 흡수해 몸 전체에 보내 주는 기관인데, 고기를 먹는 사자는 이 창자가 짧아요.

사자가 먹는 고기에는 영양분이 풍부해서 영양분을 조금만 흡수해도 되거든요. 하지만 풀을 먹는 토끼는 창자가 길어요. 풀에는 영양분이 적어서 영양분을 천천히, 충분히 흡수할 수 있도록 창자가 긴 거예요.

서로 다른 이의 모양

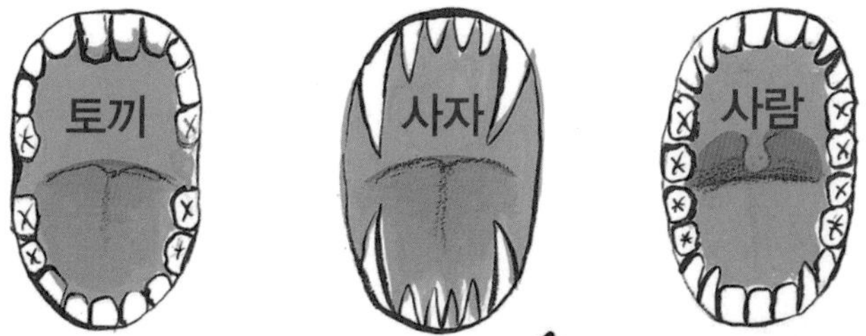

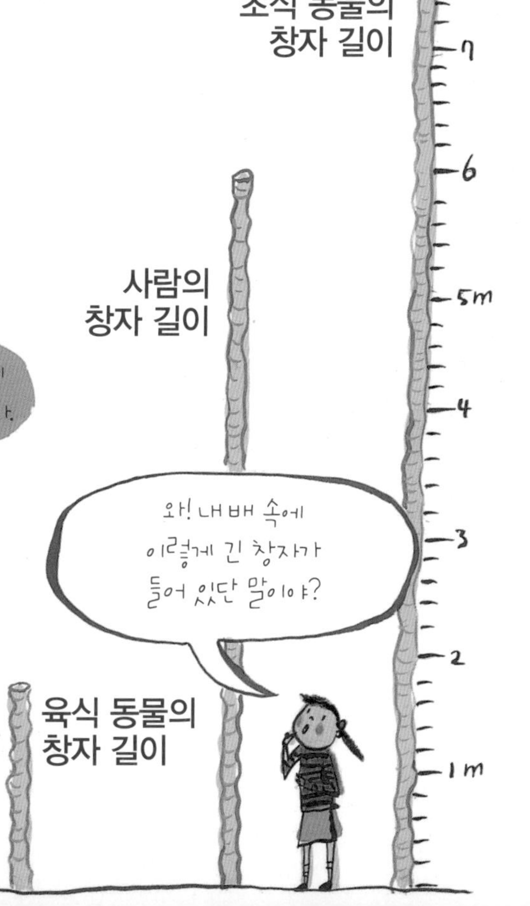

동물

곰이 겨울잠을 잔다고? 64

곰은 겨울잠을 잔다고 알려져 있어요. 하지만 동물원에 가면 겨울에도 어슬렁거리는 곰을 볼 수 있어요. 동물원의 곰은 아무리 추운 겨울이라도 겨울잠을 자지 않고 어린이들을 반갑게 맞아 주지요. 또 1년 내내 우리나라 겨울보다 훨씬 더 추운 북극에 사는 북극곰도 겨울잠을 자지 않아요.

그렇다면 어떤 곰이 겨울잠을 자는 걸까요?

곰은 체온이 일정하게 유지되는 동물이라 추운 겨울도 견딜 수 있어요. 그런데도 곰이 겨울잠을 자는 이유는 겨울에 먹잇감이 부족하기 때문이에요. 겨울잠을 자기 전에 곰은 가을부터 많이 먹어 살을 찌워요. 몸에 지방이 쌓이도록요. 그리고 겨울이 되면 고목나무나 바위로 된 구덩이를 찾아 겨울잠을 자기 시작해요. 얕은 잠을 자기 때문에 배가 고파 깨어나기도 한답니다.

하지만 동물원의 곰은 먹이 걱정을 할 필요가 없어 겨울잠을 잘 필요가 없어요. 또 1년 내내 추운 북극에서는 겨울이 약간 더 힘들기는 하지만 특별히 겨울에만 먹잇감을 구하기 어려운 것은 아니에요. 그래서 북극곰도 겨울잠을 자지 않아요.

➕ 개구리, 뱀, 도마뱀, 다람쥐, 박쥐와 같은 동물도 겨울잠을 자요. 이 중 개구리, 뱀, 도마뱀은 바깥의 기온에 따라 몸의 온도가 바뀌는 동물이에요. 이런 동물은 겨울잠을 자는 동안 몸의 온도가 주변의 온도와 거의 비슷하게 유지되지요.

65 동물

동물도 말을 할 수 있을까?

이 세상에서 말을 할 수 있는 동물은 오직 사람뿐이에요. 하지만 다른 동물들도 자신의 생각이나 기분을 나타낼 수 있어요. 말 대신 다른 여러 가지 방법으로 말이죠. 쥐의 한 종류인 게르빌루스쥐는 소리와 몸짓으로 자신의 생각이나 느낌을 전달해요. 예를 들어 뛰었다 앉았다 하면서 찍찍대는 소리를 점차 크게 내다가 발로 탁탁 두드리면 '적이 나타났다!'는 표현이에요. 꿀벌은 꽃이 있는 곳을 동료에게 알릴 때 엉덩이를 흔들며 춤을 추고, 돌고래는 물고기를 한곳으로 몰아 사냥을 할 때 테이프를 빨리 돌릴 때 나는 소리와 비슷한 소리를 내며 생각을 주고받아요.

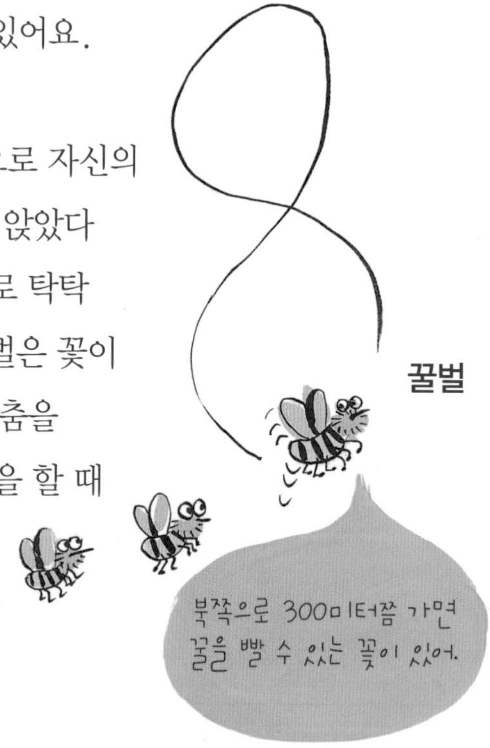

꿀벌

찍찍

적이 나타났다!

탁탁

게르빌루스쥐

돌고래

이리로 몰아!

찍찌삑삐

사람과 가장 친숙한 동물인 개는 어떻게 자신의 생각을 알릴까요? 미국에서는 사건의 범인을 밝혀낼 때 '개 언어 번역기'를 사용하기도 해요. 사건이 일어난 현장을 목격한 자가 개밖에 없을 경우, 개 언어 번역기를 이용해서 개에게 이것저것 묻는 것이지요. 이렇게 개의 언어 번역기를 만들 수 있었던 것은 개가 짖는 소리가 각각 다른 뜻을 가지고 있다는 것을 알아냈기 때문이에요.

낑낑

"배가 고파요.",
"응가가 마려워요." 등
뭔가 불만이 있음을
나타내는 소리예요.

으르렁

상대방을 너무 싫어하거나 위협할 때 내는 소리예요. 보통 이빨을 드러내고, 꼬리를 빳빳하게 세워서 당장이라도 달려들 자세를 취하지요.

으르렁

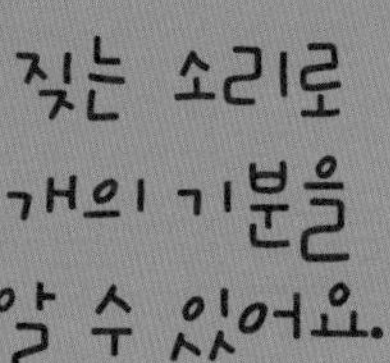

깨갱깨갱

물리거나 발을 밟혔을 때처럼 몹시 아픈 경우에 내는 소리예요.

깨갱 깨갱

멍멍

가볍게 짖는 멍멍 소리는 기쁘거나 반가울 때 내는 소리예요.
하지만 낯선 사람이나 낯선 개를 만나면 무겁게 멍멍 하고 짖어요.

66 동물 개가 전봇대에 오줌을 누는 이유

개는 전봇대를 보면 먼저 킁킁 냄새를 맡고서 한쪽 다리를 들고 졸졸졸 오줌을 눕니다. 전봇대를 공중화장실로 생각하는 걸까요? 아니면 길을 잃어버릴까 봐 표시를 해 두는 걸까요?

개의 오줌에는 자기만의 냄새가 있어요. 이것을 '페로몬'이라고 하는데, 개들은 이 물질을 이용해 "이곳은 내 구역이다."라는 것을 다른 개들에게 알리는 거예요.

이렇게 전봇대나 담벼락에 오줌을 누는 개들은 대부분 수컷이에요. 수컷은 이런 식으로 자기 영역을 넓히고, 다른 수컷이 함부로 얼씬거리지 못하도록 표시를 해 놓아요. 이때 한쪽 다리를 드는 까닭은 좀 더 높은 곳에 오줌을 묻히려는 것이에요.

높은 쪽에 오줌이 묻어 있으면 나중에 이 냄새를 맡는 개는 냄새의 주인이 덩치 큰 녀석인 줄 알고 겁을 집어먹을 테니까요.

만약 큰 개가 전봇대에 오줌을 누고 가면 뒤따라가는 작은 개는 오줌을 누지 않고 그냥 지나가요. 작은 개는 큰 개를 이길 자신이 없기 때문이죠. 하지만 작은 개가 먼저 오줌을 눈 자리라면 큰 개는 반드시 그곳에 다시 자기 오줌을 누고 지나간답니다.

한겨울 흰 눈이 펑펑 내리면 개들이 흥분해서 이곳저곳 돌아다니는 것도 같은 이유예요. 우리는 개들이 눈이 와서 신 나서 그런 줄 알지만, 사실은 자기가 남긴 냄새가 지워져서 다른 개에게 자기 영역을 빼앗길까 봐 그러는 거랍니다.

동물

67 캥거루 배 주머니 속의 새끼

사람을 비롯해 새끼를 낳는 동물은 어미 배 속에서 새끼가 어느 정도 큰 다음 세상으로 나와요. 어미 배 속에서 자라는 데 필요한 영양분을 충분히 공급받은 다음에 태어나는 것이에요.

그런데 캥거루는 어미 배 속에서 영양분을 충분히 받지 못하고 태어나요. 갓 태어난 아기 캥거루는 너무나 작고 연약한 상태이지요.

크기가 우리 새끼손가락보다 작고, 몸무게는 몽당연필보다도 가벼워요. 그래서 어미 캥거루는 새끼를 배에 있는 주머니에 넣어 키우는 것이랍니다.

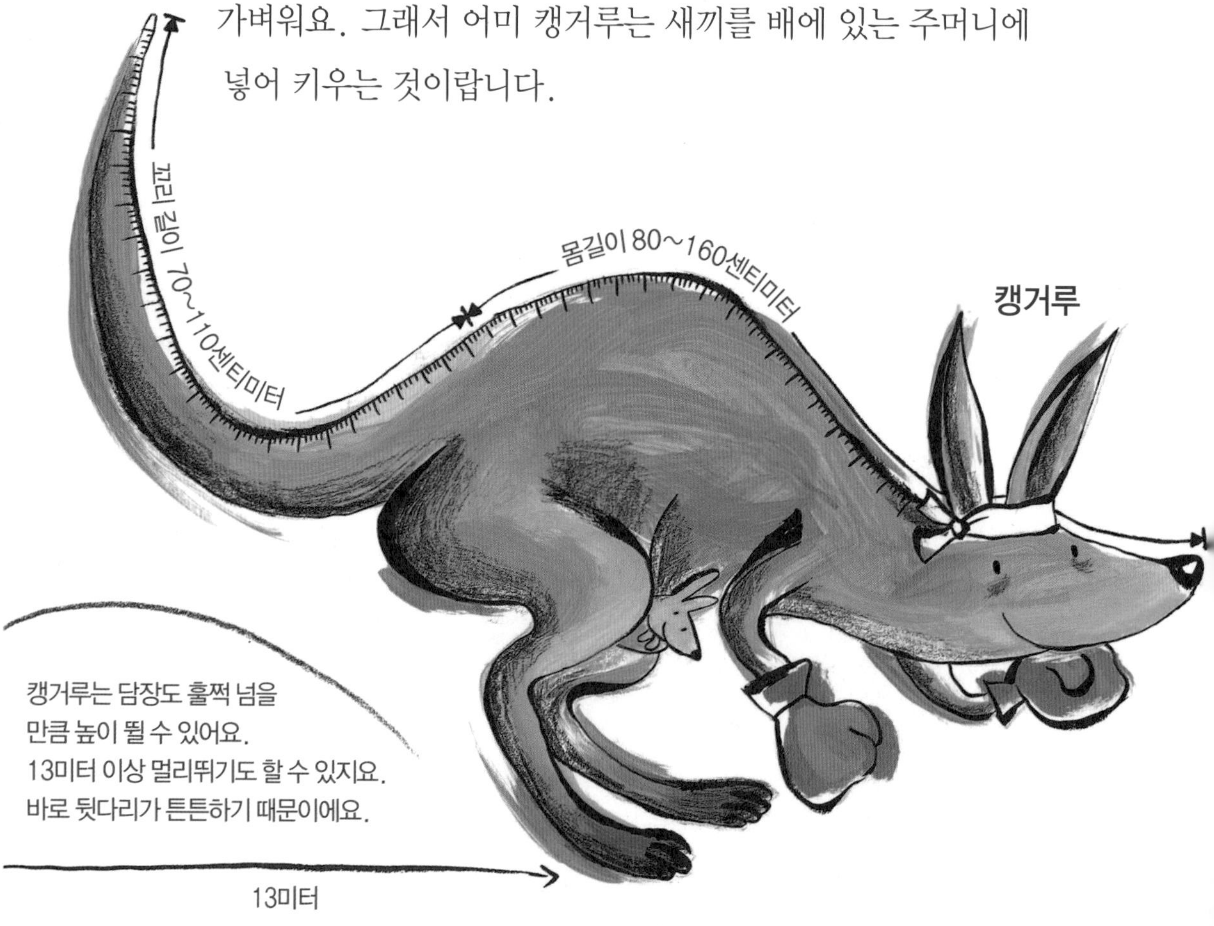

어미 배 속에서 나온 새끼는 눈도 뜨지 못한 채 어미의 주머니를 찾아 기어갑니다. 주머니 안에는 젖이 있는데, 새끼는 이 젖에 매달려 살아요. 젖을 먹으면서 차츰 눈도 뜨고 소리도 듣게 되지요. 좀 더 크면 주머니 밖으로 앞발을 내밀거나, 가끔 주머니 밖으로 나와 콩콩 뛰어다닐 수 있을 정도로 자라납니다. 보통 6개월에서 1년이 지나면 새끼는 주머니에서 완전히 벗어나 혼자 힘으로 살아간답니다.

갓 태어난 아기 캥거루

젖을 물고 있는 아기 캥거루

6개월~1년 후의 캥거루

68 동물 게는 왜 옆으로만 걷지?

우리의 다리를 한번 보세요. 무릎을 굽혀서 앞뒤로 움직일 수 있지요? 그럼 이번엔 게의 다리를 한번 볼까요? 둥그스름한 몸 양옆에 다리가 붙어 있고, 다리 마디도 몸 안쪽으로만 구부릴 수 있게 생겼어요. 그래서 게는 옆으로만 걸을 수 있어요.

하지만 모든 게가 옆으로만 걷는 것은 아니에요. 대게같이 다리가 가늘고 긴 게는 옆으로는 물론, 앞뒤로도 움직일 수 있답니다. 다리 마디가 안쪽으로도, 앞뒤로도 구부러지기 때문이지요.

게의 다리는 모두 다섯 쌍으로, 한 쌍은 먹이를 잡고 먹는 데 쓰이는 집게 다리예요. 나머지 네 쌍은 걷거나 헤엄치는 데 사용하지요. 대개 좌우 다리 모양과 크기가 같지만, 좌우가 다른 종류도 있답니다.

집게 다리의 움직임

게는 왜 거품을 뿜어낼까?

게는 아가미를 통해 물속에 있는 산소를 받아들여 숨을 쉬어요. 그런데 육지로 나오면, 아무리 아가미를 움직여도 물은 들어오지 않고 공기만 들어와요. 그러면 공기와 몸속에 남아 있던 물이 만나 거품을 만드는 것이랍니다.

닭게

방패 모양으로, 윗면에 가시가 촘촘히 나 있어요.

꽃게

등딱지가 마름모꼴로 생겼어요.

모양과 크기에 따라 여러 종류의 게가 있어요.

달랑게

한쪽 집게 다리가 더 커요.

도둑게

집게 다리가 붉은색이에요.

대게

다리가 대나무 마디 같이 길쭉하다고 해서 대게라고 불려요.

동물 69

물고기도 잠을 잘까?

모든 동물은 잠을 자면서 몸과 뇌를 쉬어요. 물고기도 마찬가지예요. 하루 종일 어항을 들여다봐도 물고기가 자는 걸 못 봤다고요? 그건 물고기가 눈을 뜨고 자기 때문이에요. 대부분의 물고기는 눈꺼풀이 없어서 눈을 감고 잘 수 없답니다. 그래서 물고기가 언제나 깨어 있는 것처럼 보이는 거예요.

하지만 모래에 누워 이불까지 덮고 자는 물고기도 있어요. 놀래기는 저녁만 되면 머리를 들이밀고 모랫바닥을 헤집어 잘 곳을 찾습니다. 잘 곳을 찾으면 머리를 한쪽에 대고, 꼬리지느러미를 강하게 흔들어 몸을 모래 속에 넣어요. 그렇게 해도 모래로 덮이지 않은 부분이 있으면 꼬리지느러미로 모래를 뿌려 몸 전체를 모래로 덮습니다. 이렇게 잠잘 준비를 모두 끝낸 놀래기는 다음 날 아침까지 푹 잔답니다.

반면, 상어는 잠을 푹 잘 수가 없어요. 바다를 공포 속으로 몰아넣는

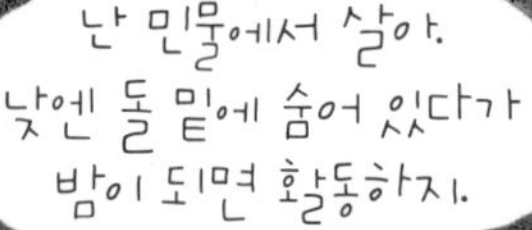

메기

무시무시한 상어는 공기주머니가 없어서 잘 때도 헤엄을 쳐야 해요. 다른 물고기들은 공기주머니를 크게 했다 작게 했다 하면서 물에 뜨지만, 상어는 공기주머니가 없어 헤엄을 치지 않으면 바닥에 가라앉고 말지요.

70 동물
물고기가 물속에서 숨을 쉬는 방법

사람을 비롯해 땅 위에 사는 동물들은 코로 공기를 들이마셔요. 들이마신 공기는 폐로 흘러 들어가고, 폐는 그 공기 중에서 산소만 빼내어 피에게 건네주지요. 피는 온몸을 돌며 세포에게 그 산소를 주고, 세포에게서 찌꺼기인 이산화탄소를 받아 다시 폐로 전달해요. 그러면 폐는 숨을 내쉴 때 이산화탄소를 밖으로 내보내지요.

하지만 물고기는 물속에서 살기 때문에, 공기를 그대로 들이마실 수가 없답니다. 그렇다면 물고기들은 어떻게 산소를 얻을까요?

산소는 공기 중에 가장 많지만, 물속에도 조금 녹아 있어요. 물고기는 아가미를 통해 물속에 녹아 있는 산소를 모아요.

고래가 숨을 쉬는 방법

고래는 아가미가 없어요. 물속에서는 숨을 쉬지 않고 참고 있다가 물 위로 올라와 숨을 쉬고는 다시 물속으로 잠수하지요. 대신 머리 꼭대기에 분수 구멍이 있어요. 물 위로 떠올라 이 분수 구멍을 통해 숨을 쉬어요. 숨을 들이마신 다음 숨을 멈추고 물속으로 잠수합니다. 큰 고래는 숨을 멈춘 상태에서 물속에서 1시간 정도 지낼 수 있어요.

입으로 들이마신 물을 아가미로 보내면, 아가미는 물속에 녹아 있는 산소를 걸러 내는 역할을 하지요.

그다음은 사람이 폐로 숨을 쉬는 것과 똑같은 일이 이루어져요. 산소를 피에게 건네주면, 피는 몸 곳곳을 돌면서 산소를 세포에게 주고, 세포에게서 이산화탄소를 받아 다시 아가미로 보냅니다. 그러면 아가미는 이산화탄소를 몸 밖으로 내보내는 것이지요.

71 동물 고래는 왜 머리에서 물을 내뿜지?

고래를 상상해 보면 거대하고 통통한 몸통에, 머리 위에서 물을 쭉쭉 뿜는 모습이 떠오를 거예요. 머리에 분수라도 달린 걸까요? 아니면 새를 잡아먹으려고 물총을 쏘는 걸까요?

사실 고래가 물을 뿜는 곳은 콧구멍이랍니다. 콧구멍이 주둥이 쪽이 아니라 머리 위쪽에 붙어 있지요.

고래는 물속에서 살지만 물고기보다 육지에서 사는 우리 사람과 더 많이 닮았어요. 대부분의 물고기가 알에서 깨어나는 것과 달리 고래는 새끼를 낳아 젖을 먹여 키워요. 포유류이지요. 또 다른 물고기들처럼 아가미로 숨을 쉬는 게 아니라, 우리처럼 가슴 속에 있는 폐로 숨을 쉰답니다. 그래서 고래는 숨을 쉬기 위해 일정한 시간마다 물 위로 올라와요. 새끼 고래가 태어나면 제일 먼저 하는 일도 물 위로 올라와 숨을 쉬는 것이랍니다.

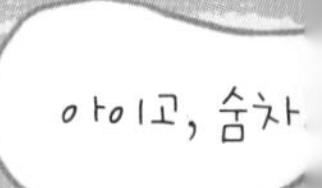

아이고, 숨차.

고래는 물 위에서 코로 한껏 공기를 들이마시고 물속으로 들어갔다가 몸 속의 공기를 다 쓸 때쯤 다시 물 위로 올라와서 숨을 내쉬어요. 이때 콧구멍 주변에 있던 물이 콧바람과 함께 하늘로 훅 솟아올라요. 또 날씨가 추울 때는 고래가 내쉬는 따뜻한 공기와 바깥의 차가운 공기가 만나면서 하얗게 김이 솟아오르기도 해요. 이 때문에 우리 눈에는 고래가 머리에서 물을 내뿜는 것처럼 보여요.

분수다!
우리도 사람처럼
폐로 숨을 쉬어.
엄마!
젓 주세요.
제각각 다른 모양의 고래 분수
긴수염고래의 물 줄기는 층층이
탑 모양으로 퍼져요.
큰고래는 두 갈래의 물줄기가
분수처럼 양쪽으로 떨어져요.
향유고래는 물줄기가 머리 쪽
으로 퍼져요.

동물

72 펭귄이 추운 곳에서 사는 방법

펭귄이 사는 남극은 지구상에서 가장 추운 곳이에요. 대부분의 땅이 두꺼운 얼음으로 덮여 있지요. 이런 곳에서 펭귄은 어떻게 살까요?

펭귄의 몸은 추위에 잘 견딜 수 있도록 발달되어 있답니다.

우선 펭귄은 모두 뚱뚱해요. 펭귄이 이렇게 뚱뚱한 건, 몸속에 지방을 쌓아 놓기 때문이에요. 지방은 추위로부터 몸을 보호해 주는 역할을 하거든요. 게다가 펭귄의 몸을 감싸고 있는 깃털은 우리가 겨울에 입는 두꺼운 오리털 옷보다 훨씬 더 따뜻하답니다. 깃털은 기름기가 많아서 헤엄칠 때 물이 잘 스며들지 않아 언제나 뽀송뽀송하지요.

또 펭귄은 온몸에 따뜻한 피가 잘 돌아서 얼음에 발을 딛고 있어도 동상에 걸리지 않아요. 발바닥도 무척 두꺼워서 얼음의 찬 기운이 몸속으로 들어올 수 없지요.

이렇게 추위에 잘 견디는 조건을 가지고 있지만 그래도 남극은 생물이 살기엔 너무 추워요. 그래서 펭귄은 조금이라도 덜 춥게 지내려고 수백 마리가 모여 무리를 지어 생활한답니다.

동물

낙타가 사막에서 살아가는 방법 73

낙타가 사는 곳은 1년 내내 비가 잘 내리지 않는 사막이라 물과 먹을 것을 구하기가 어려워요. 1년에 한 번도 비가 내리지 않을 때도 있지요.
하지만 낙타는 별로 걱정하지 않아요. 혹에 물과 음식을 대신할 지방을 모아 두고 있거든요. 한 달 동안 물 한 방울 먹지 않고 견딜 때도 있답니다. 그럴 때는 혹이 점점 작아지다가 거의 없어져요. 또 몸속 물을 아끼기 위해 오줌을 조금씩만 누고 마른똥을 누며, 땀도 거의 흘리지 않지요. 대신 나중에 물을 만나면 아주 많은 양의 물을 한꺼번에 마셔서 목마름을 해결해요.
낙타가 사막에서 잘 살 수 있는 것은 혹 때문만은 아니에요. 낙타의 몸을 자세히 살펴보면 낙타가 사막에서 살기에 가장 완벽한 조건을 갖췄다는 것을 알 수 있어요. 귀털과 이중으로 난 속눈썹은 모래가 눈과 귀에

낙타는 10분 만에 100리터의 물을 마실 수 있어요.

들어오는 것을 막아 주고, 콧구멍을 스스로 열고 닫아 코로 모래가 들어오는 것을 막지요. 아주 오랜 옛날부터 낙타는 사막에 사는 사람들에게 없어서는 안 될 중요한 친구랍니다.

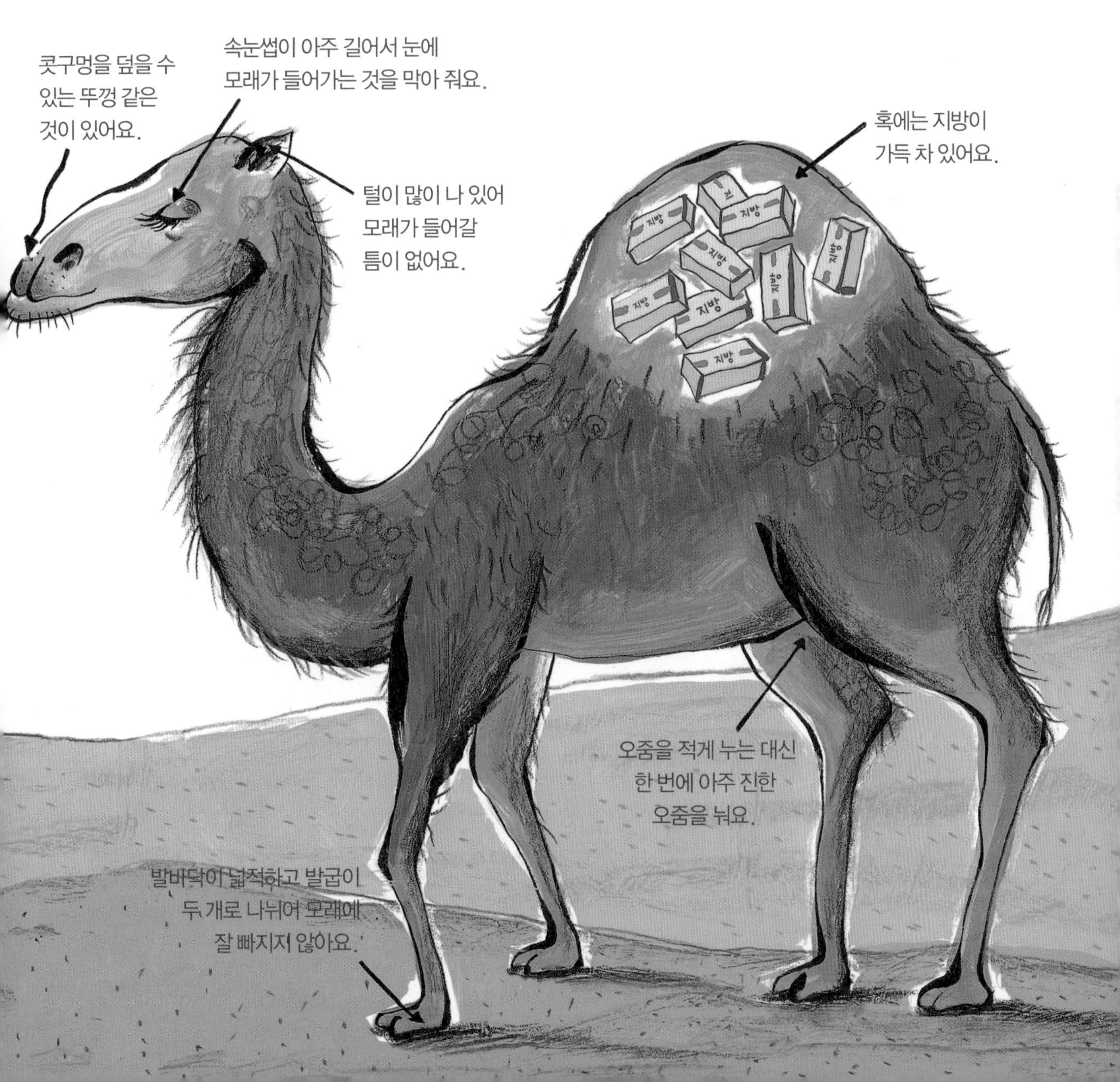

74 동물 개구리와 올챙이

개구리와 올챙이를 보면 전혀 닮지 않았어요. 그래도 올챙이는 개구리의 새끼이고, 개구리는 올챙이의 어미입니다. 이렇게 새끼와 어미가 닮지 않은 건 개구리가 '변태'를 하기 때문이에요. 변태란 새끼에서 어미가 되기까지 생김새가 크게 변하는 것을 말하지요.

그럼 개구리의 변태 과정을 알아볼까요? 먼저 어미 개구리가 낳은 알에서 올챙이가 나와요. 올챙이는 물고기처럼 아가미로 숨을 쉬고 물속에서 살지요. 그러다 뒷다리가 먼저 생겨나고, 곧 앞다리도 생겨요. 이렇게 다리가 생기면 땅 위로 올라올 수 있고, 폐와 피부로 숨을 쉬게 돼요. 그리고 꼬리가 점차 짧아져서 완전한 개구리 모습을 갖추게 되지요.

나비의
한살이
나비는
나뭇잎에
알을 낳아요.
알은
애벌레가
되어요.
애벌레는
번데기가
되어요.
번데기는 아름다운
나비가 되지요.
난 아가미 대신
허파와 피부로
숨을 쉬지.
꼬리가 없어지면
완전한 개구리가 되어요.
나비, 잠자리 같은 곤충도 새끼와
어미의 모습이 달라요. 즉, 변태를 해서
어미의 모습이 되는 거예요.

75 동물 뱀은 발 없이 어떻게 움직이지?

풀숲에서 뱀은 소리도 없이 빠르게 움직여요. 발도 없는데 어떻게 그리 빨리 움직일까요? 그건 바로 뱀의 온몸을 덮고 있는 비늘 때문이에요. 특히 배 쪽의 비늘은 기와처럼 앞에서 뒤로 죽 박혀 있으며 등의 비늘보다 크고 넓적해요. 이 배의 비늘을 세우고 눕히는 동작을 반복함으로써 앞으로 쑥쑥 나갈 수 있는 것이랍니다. 이렇게 뱀이 움직이는 방법에는 여러 가지가 있어요. 첫 번째 방법은 몸통을 좌우로 물결 모양으로 구부린 뒤, 몸통의 바깥쪽을 어떤 튀어나온 것에 밀어붙여 앞으로 나가는 방법이에요. 대부분의 뱀은 이런 식으로 움직여요. 두 번째는 몸통이 굵은 보아뱀이나 살무사 등이 움직이는 방법으로, 직선으로 움직이는 거예요. 몸을 반듯하게 쭉 뻗어 배의 비늘을 땅에 걸리게 한

좁은 장소에서 뱀의 이동 방법

누가 더 빠를까요?

사람
시속 10킬로미터

돼지
시속 17킬로미터

뱀
시속 16킬로미터

아나콘다는 물속에서는 더 빨라서 쫓아올 동물이 없답니다.

다음, 피부 안의 몸통을 끌어당겨서 마치 지네가 기어가는 것처럼 직선으로 움직이는 것이랍니다. 세 번째는 뱀이 좁은 장소를 지날 때 쓰는 방법으로, 몸통을 아코디언처럼 접은 다음 몸통의 앞부분을 밀고 뒷부분을 잡아당겨서 움직이는 방법이에요.

아나콘다

세계에서 가장 큰 뱀이에요. 길이가 10미터도 넘어요.

코브라

화가 나면 몸을 쭉 펴서 보통 때보다 크게 보이게 해요.

나는 강한 독을 가지고 있어서 나한테 물리면 아주 위험해.

살무사

한 번에 2~13마리의 새끼를 낳아요.

구렁이

돌담, 밭둑 등의 돌 틈에 살아요.

다양한 종류의 뱀이 살고 있어요.

보아뱀

먹이를 몸통으로 감아 질식시켜서 잡아먹어요.

방울뱀

건조한 숲이나 사막에 살며, 주로 밤에 활동해요.

76 꼬리가 잘린 도마뱀

도마뱀은 적이 나타나면 우선 도망을 칩니다. 그러다 잡힐 것 같으면 스스로 꼬리를 끊고 도망을 가지요. 꼬리가 잘렸는데도 아픈 기색 하나 없이 쌩쌩하게 도망칩니다. 또 잘린 부분은 피도 안 나요.

그 이유는 도마뱀의 꼬리가 마디마디로 나뉘어 있기 때문이에요. 마디는 끊어지기 쉽게 되어 있는 데다 끊어져도 피가 나지 않도록 되어 있어요. 게다가 끊어진 꼬리가 다시 자라나기 때문에 별문제 없어요. 물론 꼬리가 제대로 자랄 때까지 무리로부터 무시를 당할 수도 있고, 원래 꼬리보다 멋지지 않은 꼬리로 자라겠지만요.

하지만 모든 도마뱀이 꼬리를 끊고 도망을 가는 것은 아니에요. 인도네시아 코모도 섬에 사는 왕도마뱀은 몸집이 크고 힘이 세서 도망갈 필요가 없어요.

큰 녀석은 길이가 자동차만 하고, 몸무게가 100킬로그램이 넘지요. 멧돼지나 사슴도 한입에 꿀꺽 삼킬 만큼 무시무시해요. 그러니 꼬리를 떼어 주고 도망치는 일은 없지요.

몸의 일부분을 떼어 내고 도망가는 동물은 또 있어요. 산쥐나 들쥐는 꼬리 가죽만 벗어 놓고 도망을 가요. 또 게는 적을 만나면 자신의 집게 다리를 하나 버리고 도망을 가요. 때로는 날카로운 집게 다리를 적의 몸에 찔러 놓고 도망을 가기도 하지요.

도마뱀 꼬리의 비밀

도마뱀의 꼬리는 뼈 대신 연골로 이루어져 있고, 근육도 서로 연결되어 있지 않아 잘 끊어져요. 그래서 근육을 심하게 오므리거나 자극을 주면 스스로 끊어진답니다. 잘린 꼬리는 곧 다시 생겨나는데, 이때에는 연골과 비슷한 힘줄이 생겨요. 그러나 다시 자란 꼬리는 원래의 꼬리보다 짧고, 멋지지도 않아요.

동물

공룡이 사라져 버린 이유 77

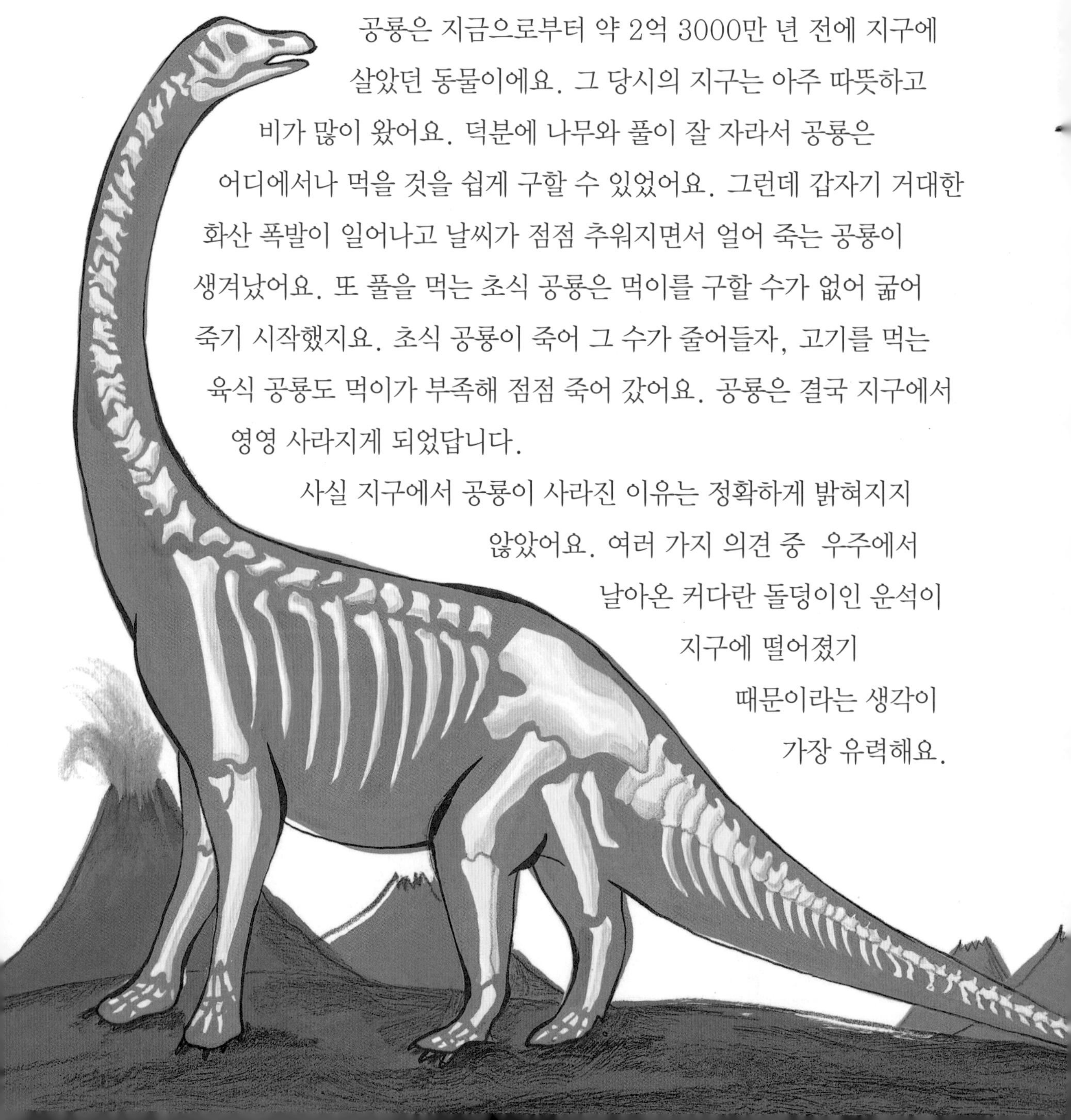

공룡은 지금으로부터 약 2억 3000만 년 전에 지구에 살았던 동물이에요. 그 당시의 지구는 아주 따뜻하고 비가 많이 왔어요. 덕분에 나무와 풀이 잘 자라서 공룡은 어디에서나 먹을 것을 쉽게 구할 수 있었어요. 그런데 갑자기 거대한 화산 폭발이 일어나고 날씨가 점점 추워지면서 얼어 죽는 공룡이 생겨났어요. 또 풀을 먹는 초식 공룡은 먹이를 구할 수가 없어 굶어 죽기 시작했지요. 초식 공룡이 죽어 그 수가 줄어들자, 고기를 먹는 육식 공룡도 먹이가 부족해 점점 죽어 갔어요. 공룡은 결국 지구에서 영영 사라지게 되었답니다.

사실 지구에서 공룡이 사라진 이유는 정확하게 밝혀지지 않았어요. 여러 가지 의견 중 우주에서 날아온 커다란 돌덩이인 운석이 지구에 떨어졌기 때문이라는 생각이 가장 유력해요.

지구에 운석이 떨어져서 큰불이 나고, 그때 생긴 어마어마한 먼지가 햇빛을 막아 버려서 날씨가 갑자기 추워졌다는 것이지요. 그 결과 지구에 살던 공룡들이 한꺼번에 사라진 것이라고 해요.

동물

78 거미줄 이야기

거미가 줄을 치는 이유는 먹이를 잡기 위해서예요.

거미는 줄을 쳐 놓고 하루 종일 먹이가 걸리기를 기다리지요. 거미의 먹이는 주로 파리나 나비 같은 곤충이에요.

파리와 나비는 거미줄에 걸리면 도망치기 위해 발버둥을 치지만 그럴수록 거미줄이 몸에 더 달라붙어 꼼짝을 할 수 없게 돼요. 거미줄에는 끈끈한 액이 묻어 있어서 움직이면 움직일수록 거미줄에 꼭 붙어 버린답니다.

이렇게 먹이가 거미줄에 걸려들면, 거미는 재빠르게 달려가 몸속에서 줄을 한꺼번에 뽑아내어 먹이를 거미줄로 돌돌 감아 잡아먹지요.

거미는 거미줄을 칠 때 자전거 바퀴살 모양으로 세로로 줄을 쳐서 골격을 만든 후 그 위를 시계 반대 방향으로 돌면서 동그라미 모양의 가로줄을 쳐요. 이 가로줄에 끈끈한 액이 묻어 있어요.

거미는 어떻게 거미줄을 칠까?

1. 바람이 부는 방향으로 몸을 날리는데, 이때 줄을 뽑아 두 곳을 연결해요.

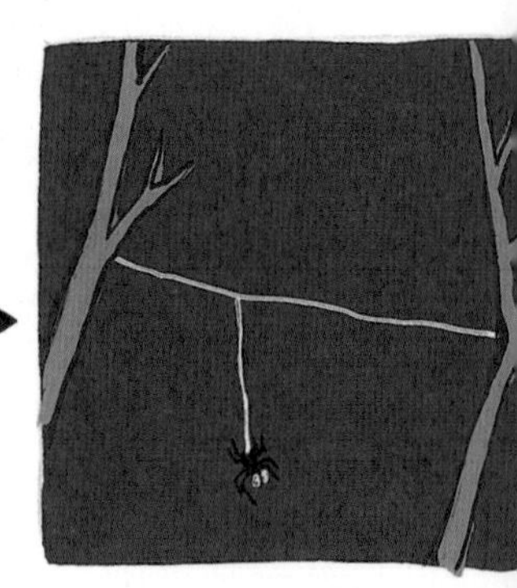

2. 자신의 몸을 떨어뜨리면서 을 뽑아 다른 곳과 연결해요.

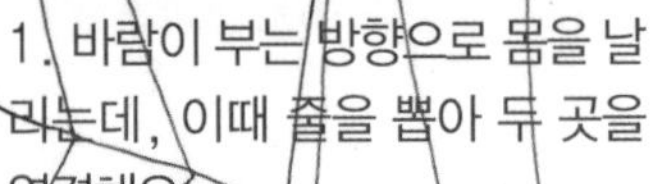

거미는 끈끈한 가로줄을 피해서 끈적이지 않는 바퀴살 모양의 세로줄만 밟고 다녀요. 그래서 거미는 거미줄에 걸리지 않는답니다. 거미줄을 친 뒤 하루가 지나면, 거미는 줄을 모두 먹어 버려요. 그리고 다음 날 새로운 거미줄을 치고 또 먹이를 기다린답니다.

3. 자전거 바퀴살 모양으로 세로줄을 쳐요.

4. 시계 반대 방향으로 돌면서 가로줄을 쳐 나가요.

5. 거미줄 완성! 먹이를 기다리는 일만 남았어요.

79 동물 모기가 물면 가려워

모기에 물리면 가렵고 물린 자리는 점점 빨갛게 부풀어 오릅니다. 이것은 모기가 우리 몸의 피를 빨아 먹을 때 피가 굳어 버리지 않도록 침을 집어넣었기 때문이에요.

우리는 "모기가 문다."라고 말하지만, 사실은 뾰족한 주삿바늘처럼 생긴 주둥이를 우리 살갗에 찌르고 피를 빨아 먹는 거예요. 그런데 피는 몸 밖으로 나오면 굳어 버리는 성질이 있어요. 피가 굳으면 피를 빨아 먹을 수도 없고, 살갗을 찌른 주둥이를 뺄 수도 없으니 모기가 아주 싫어하지요. 그래서 모기는 피가 굳지 않게 하는 물질을 침 속에 가지고 있는 거예요.

모기에 물렸을 때 가려운 것은 이 물질이 사람들에게 알레르기를 일으키기 때문이지요.

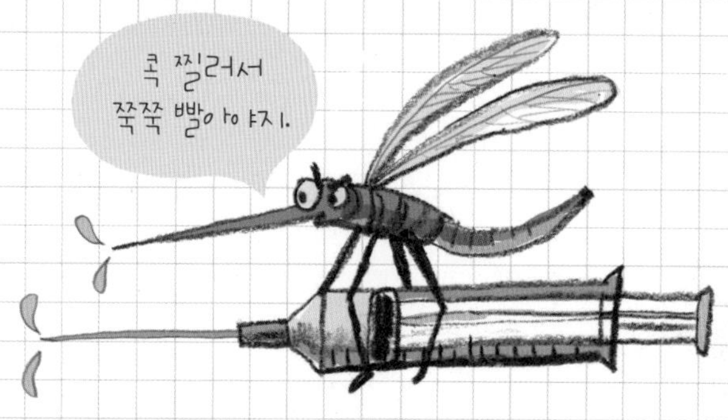

사람의 피를 빨아 먹는 모기는 모두 암컷이랍니다. 암컷은 알을 낳기 전에 사람이나 동물의 피를 빨아 먹어 영양분을 얻어요. 몸속에 있는 알을 쑥쑥 키우기 위해서 핏속에 들어 있는 영양분이 필요한 것이죠. 암컷의 입은 사람의 피부를 찌르기 좋게 뾰족하게 되어 있어요. 모기는 자기 몸무게의 2~3배가 되는 피를 빨아 먹을 수 있다고 합니다. 무게가 겨우 3밀리그램밖에 안 되는 모기가 배를 채우려면 5~10밀리그램의 피를 먹어야 한대요. 놀랍지 않나요?

+ 알을 낳기 전의 암컷을 제외하고 대부분의 모기는 주로 꽃의 꿀이나 나무 수액을 먹고 살아요.

깜깜해도 냄새가 나거든.

모기는 깜깜한데도 어떻게 사람을 찾아낼까?

모기는 우리가 숨 쉴 때 내뿜는 이산화탄소를 찾아 우리 가까이에 와요. 실제로 이산화탄소를 많이 내뿜는 드라이아이스를 놓아두면 그 주변으로 모기가 와글와글 모여든답니다. 또 모기는 우리 몸의 따뜻한 체온과 살갗 냄새를 맡고 모여들기도 해요.

동물

80 불빛으로 날아드는 곤충

여름날 밤에 산책을 하다 보면 가로등 불빛 아래에 벌레들이 와글와글 모여 있는 걸 볼 수 있어요. 특히 나방 같은 곤충은 뜨거운 불빛으로 뛰어들어서 종종 까맣게 타 죽기도 해요. 집 안에서도 주로 형광등 주변에 작은 날벌레들이 많이 달라붙어 있는 걸 볼 수 있지요.

밤에 주로 활동하는 나방, 딱정벌레, 노린재 같은 곤충은 밤에 불을 켜 놓으면 그곳으로 달려들어요. 이 곤충들은 주로 낮에 쉬다가 밤이 되면 활동을 해요.

이들 곤충의 눈은 수만 개의 작은 눈으로 이루어진 겹눈이에요. 빛을 보면 모든 눈에 항상 똑같은 양의 빛을 골고루

받으려고 하지요.
하지만 밤에 불빛 아래에 있으면
각도에 따라 눈에 들어오는 빛의 양이 달라요.
왼쪽 눈에 빛이 들어오면 오른쪽 눈에도 그만큼 빛이
들어오게 하려고 몸을 돌리고, 또 오른쪽 눈에 빛이 더 많이 들어오면
왼쪽 눈에도 빛이 들어오게 하려고 몸을 돌려요. 이러다 보니 자꾸만 불빛
주위를 빙빙 돌면서 맴도는 것이지요.
푸르스름한 빛이 나는 곤충 퇴치기나 밤에 논밭에서 곤충을 불러들여
죽이는 등불은 바로 곤충의 이런 성질을 이용한 거예요.

여름에는 왜 곤충이 많을까?

곤충은 계절에 따라 몸의 온도가 달라져요. 여름엔 몸이 따뜻해 잘 활동하고, 더구나 여름엔 먹이도 많아서 곤충에 겐 신 나는 계절이지요. 그러나 겨울에는 몸의 온도가 떨어져서 아무것도 할 수가 없어요. 이 때문에 곤충은 겨울이 되면 종류에 따라서 알이나 애벌레, 번데기, 어른벌레의 모습으로 구석구석에 숨어서 보내지요.

81 동물

하루살이는 정말 하루만 살까?

하루살이는 그 이름만큼 딱 하루만 살지는 않아요. 보통 알이 애벌레가 되는 데 한 달쯤 걸리고, 이 애벌레는 물속에서 1~3년을 살다가 어른벌레가 되지요. 그리고 어른이 되어서는 평균 2~3일 정도 살다가 죽어요. 하지만 어떤 하루살이는 정말로 하루만 살다가 죽기도 하고, 또 어떤 하루살이는 일주일 넘게 살다가 죽기도 한답니다. 그래도 길게 살지는 못하지요. 이처럼 어른벌레가 되어 사는 기간이 워낙 짧기 때문에 하루살이라는 이름이 붙은 거예요.

하루살이는 이렇게 짧은 기간 살면서 자손을 퍼뜨려야 하기 때문에 서둘러 짝짓기를 한답니다. 그리고 나서 알을 낳자마자 곧 죽고 말지요. 어른벌레로 사는 기간이 짧은 것은 매미도 마찬가지예요. 땅속에서 애벌레의 모습으로 3~15년이나 살고, 어른이 되면 땅 밖으로 나와 맴맴 울며 사는 기간이 겨우 15~20일 정도밖에 안 된다고 해요.

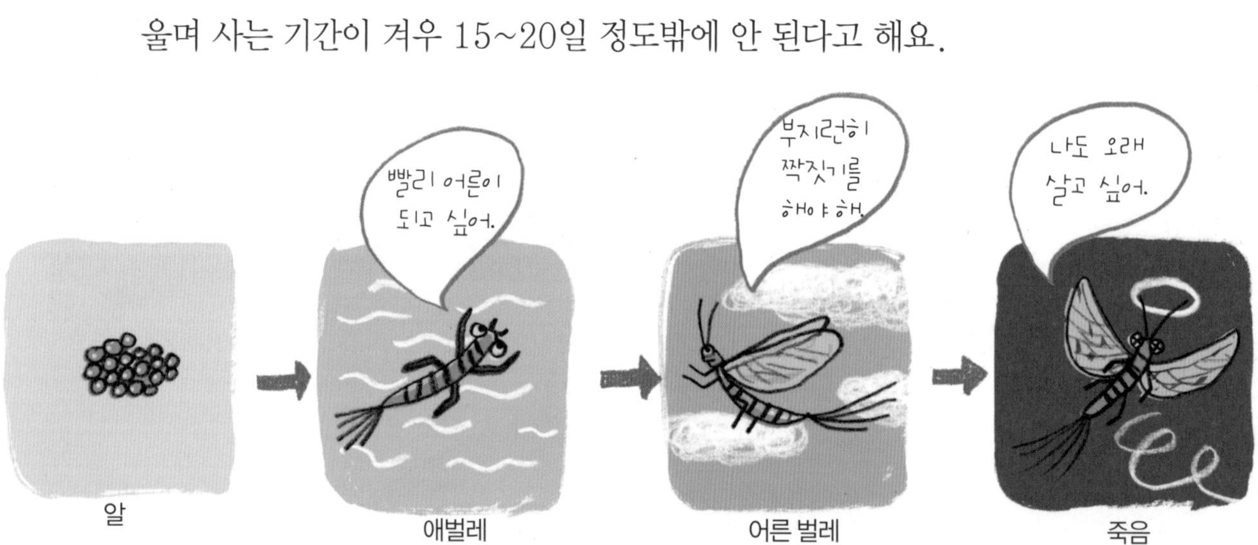

가장 오래 사는 동물은?

사람은 보통 80~90세까지 사는데, 동물의 세계에서는 이보다 오래 사는 동물이 많지 않아요. 덩치 큰 코끼리가 약 70살까지 살고 새 중에서는 독수리가 오래 살지요. 오래 살기로 가장 유명한 동물은 거북이에요. 특히 코끼리거북은 200살까지 산다고 해요.

82 동물 매미는 왜 울까?

너, 내 여자 친구한테 꼬리치면 가만 안 둔다!

매앰매앰! 도시는 너무 시끄러워. 캑캑!

살려 주세요. 흑! 전 아직 장가도 못 갔단 말이에요.

어이, 예쁜 아가씨! 잘생긴 총각 여기 있어요.

아~ 저 총각 목소리 좀 봐! 너무 우렁차고 멋진걸.

여름철이 되면 매미가 '매앰매앰' 하고 울어 대는 소리를 자주 들을 수 있어요. 이렇게 우는 매미는 수컷이에요. 암컷은 소리를 내지 못하거든요. 수컷 매미는 가슴에 있는 V자 모양의 근육을 잡아당겨 오므라뜨리면서 소리를 내요. 이 소리는 빈 배 속을 울려 점점 커진답니다. 수컷 매미가 이렇게 큰 소리로 우는 이유는 암컷에게 "잘생긴 총각 여기 있어요!" 하고 알리기 위해서예요. 그래야 암컷 매미가 찾아와 결혼을 하고 알도 낳을 수 있어요.

그런데 요즘 매미들의 울음소리가 더욱 커지고 있어요. 자동차 소리 같은 소음들 때문에 주변이 시끄러워서 그 소리보다 더 크게 우는 거래요. 그래야 암컷 매미에게 자신이 있는 곳을 잘 알릴 수 있을 테니까요.

83 생활 자판기의 동전 구별법

자판기는 정말 똑똑해요. 돈을 넣고 버튼을 누르면 원하는 물건을 척척 꺼내 주고, 거스름돈도 알아서 계산해 주니까요. 혹시 자판기 안에 사람이 들어가서 물건도 주고 돈도 계산해 주는 건 아닐까요? 물론 그럴 리 없죠!

자판기 안에는 동전을 검사하는 전자 장치가 들어 있어서 동전을 구별하고 계산도 할 수 있답니다. 동전이 들어오면 동전의 무게와 크기, 두께는 물론 어떤 금속이 섞여서 만들어진 것인지 순식간에 알아내요. 이 전자 장치에는 우리나라에서 쓰이는 모든 동전에 대한 정보가 자세하게 입력되어 있어요. 동전과 똑같은 크기와 무게의 쇠붙이를 넣거나 다른 나라 동전을 넣으면 자판기는 금세 알아챌 수 있지요. 동전이 아닌 것이 들어오면 '이건 돈이 아니야!' 하고 동전 배출구로 도로 뱉어 냅니다.

또 자판기에는 잔돈을 계산해 내어 주는 프로그램까지 입력되어 있어요. 그래서 우리가 산 물건보다 더 많은 돈이 들어오면 나머지 돈을 정확하게 계산해서 동전 배출구로 거스름돈을 내보내 줍니다.

자판기는 다양한 물건을 팔아요

84 생활 알아서 열리는 자동문

"열려라, 문!" "닫혀라, 문!"

약 2000년 전, 알렉산드로스 대왕의 제사장은 신전 앞에서 주문을 외우고 문 앞에 불을 지피는 의식을 벌였어요. 그러면 신전의 문이 스르르 열렸지요. 또 주문을 외우고 성스러운 물을 부어 불을 끄면 문이 스르르 닫혔어요. 제사장은 신을 섬기고 제사를 지내는 사람인데, 이 광경을 본 백성들은 제사장이 아주 신통한 능력을 가지고 있다고 믿었지요.

하지만 이것은 제사장의 신통한 능력 때문이 아니라 과학 기술자가 만든 최초의 자동문 덕분이었어요. 불을 지피면 공기가 팽창되면서 금속 공이 떨어져 문을 여는 도르래를 움직이도록 만들어 둔 것이죠. 꽤 복잡한 장치를 그 옛날에 만들었다니 정말 대단하지요?

요즘에는 적외선을 이용한 자동문이 가장 많아요. 적외선은 빛의 일종인데, 자동문 위에 적외선을 계속 내는 장치를 달아 두면 사람이 올 때 적외선이 사람에 부딪쳤다가 되돌아 나와요.

이것으로 사람이 왔다는 것을 눈치채고 문을 여는 것이죠. 또 적외선을 감지하는 장치를 달아 사람의 몸에서 나오는 적외선을 알아내 문을 열기도 하지요. 사람의 몸에서도 약간의 적외선이 나오거든요.
바닥에 감지기가 있는 자동문도 있어요. 자동문의 발판 밑에 무게를 재는 장치를 두어, 누군가 그 발판을 밟으면 저절로 문이 열리는 거예요.
빙글빙글 돌아가는 회전문 역시 같은 방식으로 움직인답니다.

점점 더 똑똑해지는 자동문

어떤 자동문은 가까이 다가가도 열리지 않아요. 집주인이 문 앞에 서서 "열려라!" 하고 말해야만 열리지요. 여기엔 작은 컴퓨터 같은 것이 있어서, 미리 입력된 주인의 목소리를 알아내는 거예요. 만약 주인이 아닌 다른 사람이라면 아무리 소리쳐도 열리지 않지요.
이 밖에도 미리 입력해 놓은 손가락 지문, 눈동자를 확인해서 열리는 문도 있답니다.

85 생활 바코드

슈퍼마켓에는 물건이 아주 많아요. 저마다 종류도 다르고 수량도 다르지요. 예전에 슈퍼마켓 주인은 지금 가게에 어떤 물건이 남았고 얼마나 팔렸는지, 또 어떤 물건을 새로 주문해야 내일 장사에 지장이 없을지 일일이 물건을 보며 확인해야 했어요. 각 물건의 가격도 일일이 직원에게 알려 줘야 했지요. 그래서 슈퍼마켓은 관리하는 데 많은 시간이 걸리고 비용도 많이 들어갔어요. 그래서 슈퍼마켓 주인들이 모여 큰 대학의 교수를 찾아갔어요. 무언가 효율적으로 관리할 수 있는 방법을 개발해 달라고 요청하기 위해서였지요.

그런데 이 문제에 큰 호기심을 가진 것은 이 이야기를 우연히 엿들은 한 대학원생과 그의 친구였어요. 그리고 그들은 여러 연구를 거듭한 끝에 방법을 찾아냈어요.

굵거나 얇은 까만 선을 폭을 좁게 또는 넓게 만들어 여러 정보를 입력하는 것이지요. 이것이 과자 봉지 뒤에 있는 까만 줄무늬, 바로 '바코드'예요. 말 그대로 막대 암호이지요. 우리는 줄무늬를 보고 아무것도 알아낼 수 없지만, 컴퓨터는 그것을 보고 이름과 값은 물론 어느 회사 제품인지도 알아내요. 바코드를 이용하면 모든 것이 한 번에 컴퓨터에 기록되어 아주 편리하답니다.

생활 86

시계는 왜 오른쪽으로만 돌까?

째깍째깍~

시곗바늘은 잠깐도 쉬지 않고 돌아요. 그것도 오른쪽으로만 돌지요. 손목시계도, 벽시계도, 자명종도 모두 오른쪽으로 돌아요.

왼쪽으로 돌아가는 시계도 만들 수는 있어요. 하지만 맨 처음 시계를 만든 사람이 시곗바늘을 오른쪽으로 돌게 만들었고, 그 이후 모든 시곗바늘은 오른쪽으로 돌아가게 된 거예요. 이렇게 습관처럼 오른쪽으로 돌게 된 데에는 그만한 이유가 있답니다.

지금과 같은 시계가 없던 옛날에는 해시계를 보고 시간을 알았어요. 해시계는 해가 만드는 그림자의 움직임을 이용해서 시간을 재는 시계예요. 땅에 막대기를 고정해 놓고 그림자를 살펴 시간을 아는 것이죠. 해시계를 처음 발명한 사람은 고대 이집트 사람들이에요. 이집트는 지구를 반으로 나눴을 때 윗부분에 속하는 북쪽에 있지요. 북쪽에서 해시계는 지금의 시곗바늘 방향과 같이 오른쪽으로 돌았답니다. 막대기의 그림자가 왼쪽에서 오른쪽으로 돌기 때문이지요.

이런 해시계를 사용하던 북쪽 사람들이 똑딱똑딱 돌아가는 시계의 바늘도 오른쪽으로 돌게 만든 거예요.

만약 시계가 지구의 아래쪽인 남쪽에서 발명되었다면 지금의 시곗바늘은 왼쪽으로 돌았을 거예요.

같이 가!

시계추 그네, 진짜 재미있다!

나도, 나도.

시계는 어떻게 정확하게 움직일까?

커다란 벽시계의 추는 양쪽으로 똑딱똑딱 일정하게 왔다 갔다 해요. 그리고 여기에는 톱니바퀴며 여러 가지 기계 장치들이 연결되어 있어 추를 따라 일정한 속도로 시곗바늘이 움직이지요. 자명종이나 손목시계에도 모양은 다르지만 그와 비슷한 일을 하는 장치가 들어 있어요.

87 생활
통조림의 역사

약 200년 전, 프랑스의 나폴레옹은 유럽 전체를 대상으로 엄청난 전쟁을 벌였어요. 승리를 이어갔지만 전쟁이 길어질수록 수많은 병사를 먹이는 일이 문제였어요. 오랜 기간 가지고 있어도 음식이 썩지 않도록 하는 방법이 필요했지요.

나폴레옹은 그 방법을 찾는 사람에게 큰 상금을 주겠다고 약속했어요. 그 결과 탄생한 것이 병조림이에요. 병조림은 잘 익힌 음식을 병 속에 넣고 양초를 녹여 입구를 막아 만든 거예요. 세균이 들어가지 못하도록 하기 위해서지요.

음식이 썩는 건 세균 때문이거든요. 세균은 우리 눈에 보이지 않을 만큼 작지만, 무척 빠른 속도로 늘어나요. 만약 습기가 많고 따뜻한 곳에 음식을 놓아두면 세균은 더 빨리 늘어나서, 음식이 금세 상할 거예요.

이후 양철로 된 깡통으로 통조림을 만들었지요. 통조림도 병조림처럼 음식을 완전히 익힌 뒤 통 속에 넣고 뚜껑을 완벽하게 막은 거예요. 깡통을 따거나 통조림에 구멍을 내지 않는 한 세균이 절대로 들어갈 수 없기 때문에 통조림 속에 든 음식은 오랜 시간이 지나도 썩지 않는답니다.

하지만 너무 오랫동안 보관하면 깡통 안쪽이 녹슬어 금속 냄새가 날 수 있어요. 그러니 너무 오래 두고 먹지 않는 것이 안전하답니다.

썩은 음식 중에도 몸에 좋은 게 있다고?

음식이 썩는 것에는 '부패'와 '발효' 두 가지가 있어요. 부패는 나쁜 세균 때문에 못 먹을 만큼 음식이 상하는 거예요. 발효 역시 썩는 것이긴 하지만, 이때는 우리 몸에 좋은 세균이 늘어나지요. 그래서 발효된 음식은 소화도 잘 되고 영양가도 높답니다.

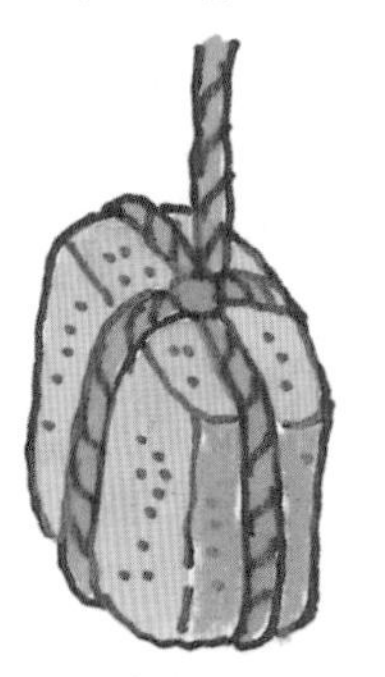

통조림 만드는 과정

다양한 통조림

사과는 왜 갈색으로 변할까? 생활 88

사과를 깎아 놓으면 갈색으로 변해 버려요. 맛이 없어 보이기도 하고 상한 것 같이 느껴지기도 해요. 하지만 상한 것이 아니라 '산화'된 것이랍니다. 사과에는 공기 중의 산소와 만나면 갈색 색소를 만드는 물질이 들어 있어요. 사과뿐만 아니라 감자, 바나나에도 산소와 만나 갈색 색소를 만드는 물질이 들어 있어 껍질을 벗겨서 놔두면 표면이 갈색으로 변하지요. 이처럼 무엇인가가 산소와 결합해서 변화하는 것을 '산화'라고 한답니다. 사과 색깔이 변하지 않게 하려면 사과를 공기와 닿지 않게 해야 해요. 사과를 깎아서 소금물에 담가 두면 산소와 만나지 못해 사과색이 변하지 않아요. 소금물뿐만 아니라 식초나 레몬주스를 뿌려 두어도 된답니다.

이러한 식품뿐만 아니라 오래된 쇠에 녹이 스는 것이나, 종이가 오래되어 누렇게 변하는 것도 모두 산화된 것이랍니다.

생활

톡 쏘는 콜라 89

콜라를 컵에 따르면 보글보글 거품이 올라오다가 사라지는 것을 볼 수 있어요. 거품은 콜라 속에 녹아 있던 이산화탄소 기체예요.

콜라, 사이다뿐만 아니라 탄산음료에는 모두 이산화탄소가 녹아 있답니다.

탄산은 이산화탄소가 물에 녹은 것을 말해요. 탄산음료는 맛이 산뜻하고 이산화탄소가 입안에서 톡톡 터지면서 개운한 느낌을 준답니다. 그래서 청량음료라고도 하지요.

콜라의 톡 쏘는 맛을 그대로 유지하려면 이런 이산화탄소가 많이 녹아 있어야 해요. 뚜껑을 잘 닫아 놓는 것이 가장 중요하지요. 뚜껑이 열려 있으면 이산화탄소가 좁은 병 속을 벗어나 넓은 공기 중으로 빠져나가거든요.

탄산음료 뚜껑을 딸 때 펑 소리가 나면서 거품이 흘러나오는 것은, 탄산음료에 녹아 있던 이산화탄소가 한꺼번에 빠져나오면서 병 밖으로 터져 나오기 때문이에요.

콜라를 시원한 곳에 보관하는 것도 중요해요.

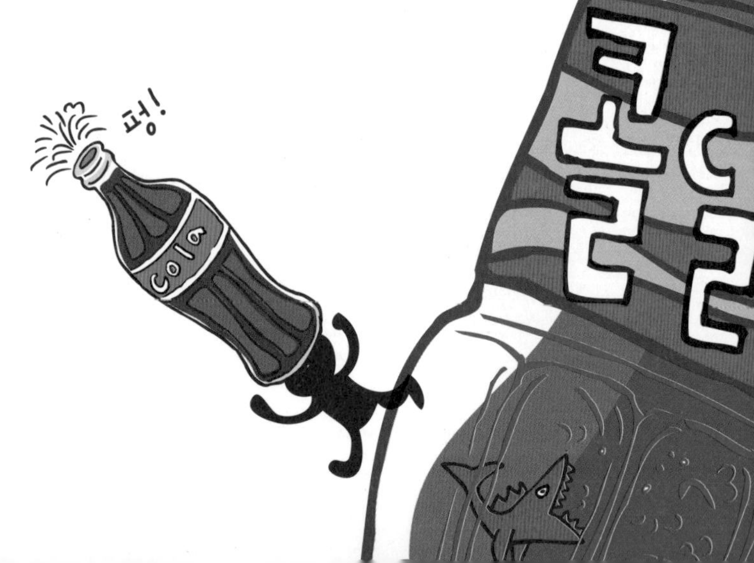

따뜻한 곳에 두었다가 마시면 톡 쏘는 맛이 떨어지지요. 이산화탄소는 온도가 낮아야 물에 잘 녹아 있거든요.

따라서 탄산음료는 뚜껑을 꼭 닫아 냉장고에 보관하는 것이 가장 좋겠죠?

종이 팩은 종이가 몇 겹으로 겹쳐져 있어서 우유나 주스 같은 내용물이 새지 않게 해 주지만, 콜라나 사이다 등 탄산음료를 담기에는 적당하지 않아요. 이산화탄소는 크기가 너무 작아 종이를 아무리 겹쳐도 종이 사이를 뚫고 나가기 때문이에요.

90 생활 냉장고 속 음식은 왜 안 상할까?

햇볕이 뜨거운 여름에도 냉장고 속은 찬 기운이 가득해 무척 시원해요. 그래서 한여름에도 음식이 쉽게 상하지 않고, 오래 보관할 수 있어요. 냉장고 속이 이렇게 시원한 건 뜨거운 열기를 빼앗아 가는 특별한 물질인 '냉매'가 냉장고 속에 있기 때문이에요. 냉매로는 주로 프레온 가스를 많이 사용해요. 공기처럼 아무 색깔도 없고 냄새도 나지 않지요. 프레온 가스는 주변에 열을 빼앗겨 차가워지면 자기들끼리 뭉쳐서 물처럼 변해요. 반대로 주변의 열을 빼앗으면 다시 공기처럼 변하는데, 이때 열을 빼앗긴 주변은 점점 차갑게 식지요. 냉장고는 바로 이런 성질을 이용해 만든 거예요. 프레온 가스가 물처럼, 공기처럼 변하는 걸 반복하며 냉장고 안의 열을 빼앗아 시원하게 만드는 것이지요.
이를 위해 냉장고 속 보이지 않는 곳에는 갖가지 장치가 숨어 있어요. 냉장고의 바깥쪽을 만져 보면 따뜻한 곳이 있어요. 바로 그곳에 프레온 가스를 공기로 열심히 바꾸어 주는 장치가 들어 있답니다.

옛날 냉장고, 석빙고

우리 조상들은 돌로 얼음 창고를 만들어 그 속에 얼음을 넣어 두었다가, 한여름에 꺼내어 아작아작 먹었답니다. 이 창고를 '석빙고'라고 해요. 석빙고의 지붕에는 잔디를 심고 벽은 두 겹으로 만들었어요. 또 조금이라도 물이 생기면 빨리 빠져나갈 수 있도록 바닥은 기울어지게 했지요.

아, 더워! 주변의 열을
다 뺏어야 하거든.
얼음이 꽁꽁~
여긴 추워!
아! 시원해.
석빙고 외부
석빙고 내부
와, 시원하다.
이중벽

생활

김은 왜 날까? 91

냄비에 물을 넣고 계속 끓이면 나중에는 냄비 속에 물이 하나도 안 남고 사라져 버려요. 그건 바로 냄비 속에 있던 물이 모두 공기로 변해 날아갔기 때문이에요. 물은 아주 뜨거워지면 공기처럼 변하는 성질이 있거든요. 이렇게 공기로 변한 물을 '수증기'라고 해요.

이 수증기는 아주 뜨거워요. 그런데 뜨거운 수증기가 공기 중으로 날아가 차가운 공기와 만나면 갑자기 식으면서 아주 작은 물방울로 변해요. 우리 눈에 보이지도 않을 만큼 작은 물방울이지요.

이 작은 물방울을 우리는 '김'이라고 하는데, 김이 많이 모이면 하얀 연기처럼 보인답니다.

얼음과 드라이아이스

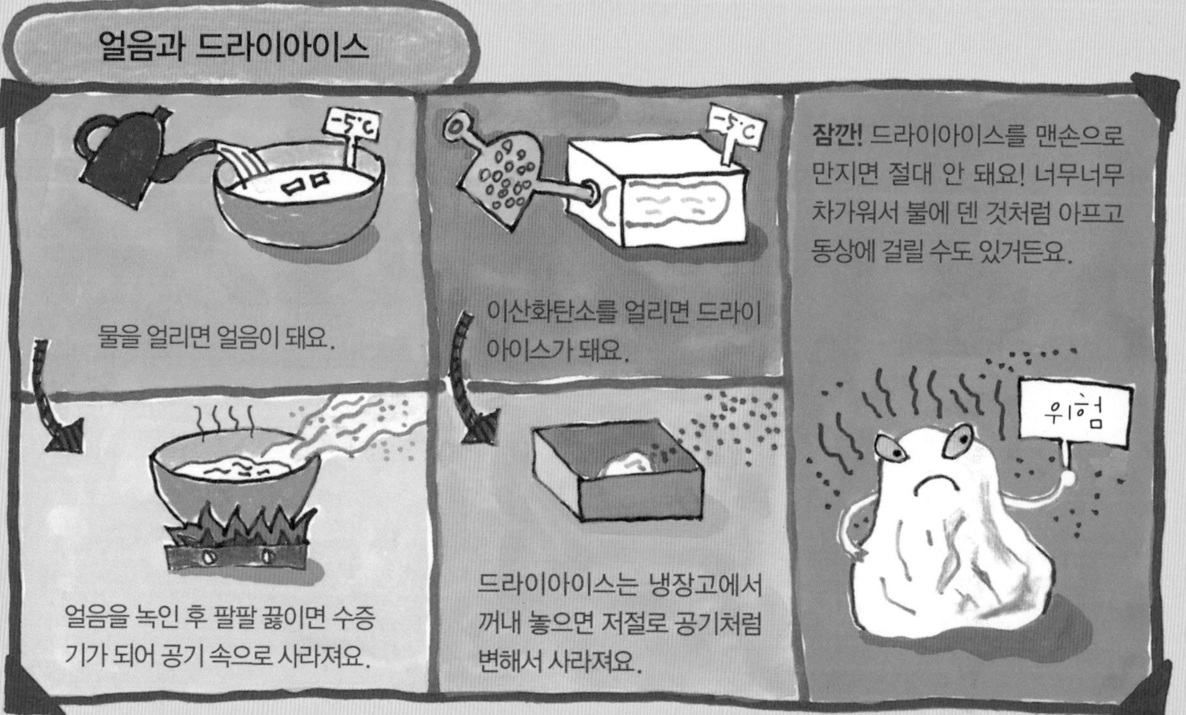

물이 팔팔 끓고 있는 주전자에서 하얀 김이 뿜어져 나오는 걸 볼 수 있어요. 수증기랑 헷갈리기 쉽지만 김은 수증기가 아니라 작은 물방울이에요.

92 생활 겨울엔 왜 유리창에 이슬이 맺힐까?

물은 햇빛을 받으면 데워져서 수증기로 변해요. 공기 속에는 우리 눈에 보이지 않는 수증기가 항상 떠 있지요. 그런데 공기 중에 수증기가 꽉 차서 더 이상 들어갈 자리가 없으면 수증기는 다시 물방울로 변해요. 여름에는 온도가 높아 공기 중에 수증기가 더 많이 들어갈 수 있지만, 겨울에는 온도가 낮아 수증기가 많이 들어가지 못해요.

겨울철, 따뜻한 집 안에서 만들어진 수증기는 공기 속으로 많이 들어가요. 그런데 유리창 쪽으로 갈수록 추운 바깥 날씨 때문에 온도가 낮아 수증기가 많이 들어갈 수 없답니다. 그러면 물방울이 맺히지요. 더 이상 들어갈 수 없게 된 수증기가 이슬이 되어 흘러내리는 것이죠.

얼음물을 담은 컵 바깥쪽에 물방울이 송송 맺히는 것도 같은 원리예요. 얼음물이 담긴 컵 안은 컵 바깥보다 온도가 낮아요. 그래서 컵 밖에 있는 공기 중의 수증기가 컵에 닿으면, 컵 주변의 낮은 온도로 인해 물방울로 바뀌는 거예요. 또 겨울에 호~ 하고 입김을 불면, 하얗게 김이 나오는 것을 보았지요?

이것 역시 우리 몸속에서 나온 따뜻한 수증기가 몸 밖의 차가운 공기를 만나 물방울로 변하기 때문에 나타나는 현상이랍니다.

비누 거품이 생기는 이유

생활 93

마른손으로 비누를 문지르면 거품이 안 생기는데, 물을 묻힌 손으로 문지르면 거품이 잘 생겨요. 물과 비누는 무슨 관계가 있는 걸까요?

물은 서로를 끌어당겨 차지하는 면적을 작게 만들려는 성질이 있어요. 유리판 같은 곳에 물을 떨어뜨리면 동글동글하게 뭉치는 것이나, 그릇에 물을 찰랑찰랑할 정도로 담았을 때 부풀어 오른 것처럼 보이는 것이 바로 이 때문이에요.

맨손에 물을 묻혀 아무리 문질러도 거품이 생기지 않는 것은, 물이 서로 뭉치려는 힘이 강하기 때문이에요. 그런데 젖은 손으로 비누를 비비면 물이 서로 뭉치지 못하고 흩어져서 거품이 생겨요. 비누 때문에 뭉치려는 힘이 약해진 거예요. 이렇게 비누는 물이 뭉치는 것을 방해한답니다.

비누 알갱이는 물에도 잘 녹고 기름과도 친한 성질이 있어요. 몸에 비누칠을 하면 비누 알갱이에서 기름과 친한 부분이 우리 몸의 기름때에 착 달라붙어서 기름때를 잘게 쪼개어 몸에서 떼어 내요. 그리고 떼어 낸 때에 착 달라붙어 때를 둘러싸지요. 그러면 기름때는 다시 몸에 붙지 못하고 물로 헹굴 때 씻겨 나간답니다.

94 생활 롤러코스터가 떨어지지 않는 이유

물이 담긴 깡통 손잡이를 쥐고 팔로 큰 원을 그리며 빠르게 빙글빙글 돌려 보세요. 깡통이 머리 위를 돌 때 물이 쏟아질 것 같지만, 물은 돌아가는 데만 정신이 팔려서 쏟아지지 않아요. 물이 아래로 떨어지지 않도록 꽉 잡아 주는 보이지 않는 힘이 생겨났기 때문이에요. 빠르게 돌고 있는 물체에는 원 바깥으로 뛰쳐 나가려는 힘이 생기거든요. 원을 그리는 속도가 빠르면 빠를수록 그 힘은 더욱 커져요. 그래서 깡통을 빠르게 돌리기만 하면, 깡통 안에 있는 물은 절대 머리 위로 쏟아지지 않는답니다. 롤러코스터가 돌 때 그 속에 있는 사람이 떨어지지 않는 것도 마찬가지예요. 롤러코스터는 기계의 힘으로 언덕 꼭대기까지 올라갔다가 내려오면서 점점 속도를 내요. 그리고 동그랗게 말린 길을 빠르게 돌아갑니다. 이때에도 원 바깥으로 뛰쳐 나가려는 힘이 생겨 떨어지지 않게 꽉 잡아 준답니다.

와! 거꾸로 매달려 있는데도 아래로 안 떨어지네.
슈우웅~
야호, 신난다! 더 빨리 돌아라!

95 생활 커다란 배는 어떻게 물에 뜨지?

아주 오래전, 원시인은 강을 건너기 위해 파피루스 풀줄기로 엮어 배를 만들었대요. 그러다 뗏목과 통나무배를 만들어 사용했지요.

그 후 더 많은 사람과 짐을 싣고, 더 멀리 가기 위해 배는 점점 커지고 더 튼튼해졌어요. 나무가 아닌 쇠로 배를 만들게 되었지요.

사실 무게가 같은 나무판자와 쇠못을 물에 넣으면 나무판자는 물에 둥둥 뜨지만, 쇠못은 푹 가라앉고 맙니다. 나무판자가 물에 뜨는 것은 나무판자가 아래로 누르는 힘, 그러니까 나무판자의 무게보다 물이 나무판자를 떠받치는 힘이 크기 때문이에요.

물속에서 물체를 떠받치는 힘을 부력이라고 해요. 부력의 크기는 물체가

물에 잠긴 부분과 같은 부피를 가진 물의 무게만큼이에요. 이 만큼의 힘으로 물체를 위로 밀어 올리지요. 그래서 작은 쇠못은 가라앉지만 부력을 크게 하면, 쇠로 만든 커다란 배가 물에 뜰 수 있어요.

부력을 크게 하려면 배가 물에 잠기는 부분의 부피를 크게 하고, 배의 무게는 가볍게 해야 해요. 쇠못을 잘 달구어 넓게 펴서 넓적한 쇠 그릇을 만들면 놀랍게도 물에 뜨는 것을 확인할 수 있어요. 쇠못일 때보다 쇠그릇은 부피가 훨씬 더 크니까요.

배를 만들 때는 배의 밑부분을 둥글게 만들어 물에 잠긴 배의 부피는 크게 하고, 배 속은 텅텅 비게 만들어 무게를 최대한 가볍게 합니다. 그래야 물에 잘 뜰 수 있지요. 게다가 바닷물에 들어가면 부력이 좀 더 커져요. 바닷물에 녹아 있는 소금이 물체를 더 위로 밀어 올린답니다. 수영장보다 바다에서 우리 몸이 더 잘 뜨는 것도 이 때문이에요.

물과 소금이 섞이니까
부력이 커지네!

물

소금

비행기가 하늘을 나는 원리

하늘을 자유롭게 날아다니는 새를 보며 사람들은 날기를 꿈꾸어 왔어요. 그리고 날개에서 그 비밀을 찾아 비행기를 만들어 냈지요. 비행기가 하늘을 나는 데에는 날개에 비밀이 있어요.

네모난 종이의 모서리를 잡고 후~ 하고 입바람을 불어 보세요. 종이가 약간 위로 날아 올라가요. 공기가 종이를 위로 밀어 올리는 힘이 작용했기 때문이에요. 이 힘을 '양력'이라고 해요. 비행기가 하늘을 나는 것도 바로 이 양력 때문이랍니다.

비행기가 활주로를 빠른 속도로 달려가면 공기는 날개의 위아래로 갈라져 지나가게 되지요. 그런데 비행기의 날개는 위쪽은 둥그스름하게, 아래쪽은 평평하게 만들어져 있어요.

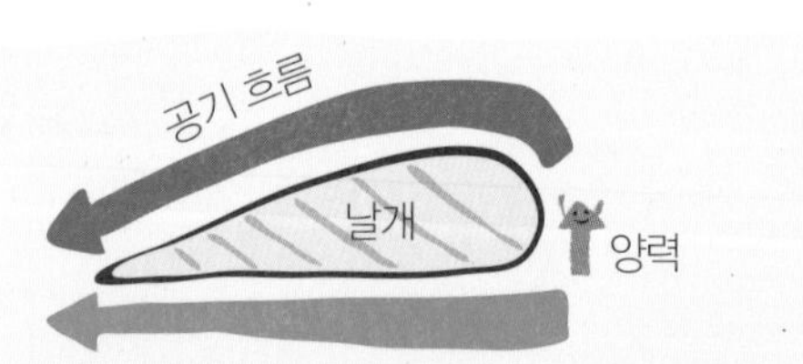

날개의 위쪽이 아래쪽보다 거리가 길기 때문에 위쪽의 공기 알갱이가 더 적지요. 그러면 공기는 알갱이가 많이 모인 날개의 아래쪽에서 헐렁헐렁한 위쪽을 향해 움직임으로써 물체를 밀어 올린답니다.

위쪽으로 간 공기는 곡선을 지나기 때문에 아래쪽 직선을 지나가는 공기보다 더 긴 거리를 가야 하지요. 날개의 위쪽과 아래쪽에 같은 수의 공기 알갱이가 있는데 위쪽이 거리가 더 길다면 공기는 날개의 위쪽이 아래쪽보다 공기가 훨씬 헐렁할 거예요.

공기는 많은 곳에서 적은 곳으로 움직이려는 성질이 있기 때문에 헐렁한 위쪽으로 몰려가요. 즉 공기가 비행기를 아래에서 위로 밀어 올리는 양력이 생기는 것이죠. 이 때문에 비행기는 위로 떠오르는 것입니다.

생활 갑자기 멈추면 어떡해! 97

달리던 차가 갑자기 멈추면 몸이 앞으로 확 쏠려요.
안전벨트를 매거나 손잡이를 잡고 있지 않을 때 차가 갑자기 멈추면, 몸이 앞으로 쏠려 앞 좌석에 머리를 콩 박거나 꽈당 넘어질 수 있답니다.
이처럼 차가 갑자기 멈췄을 때, 몸이 차가 가던 방향대로 앞으로 쏠리거나 넘어지는 것은 '관성' 때문이에요.
관성이란 움직이던 물체는 계속 움직이려 하고, 멈춰 있는 물체는 계속 멈춰 있으려고 하는 성질입니다. 즉, 물체가 하던 대로 하려는 성질이지요.
차가 달리고 있을 때는 우리 몸도 함께 앞으로 움직이고 있는 거예요. 그러다 차가 갑자기 멈춰도 관성 때문에 우리 몸은 계속 앞으로 움직이려고 해요. 그래서 차가 갑자기 서면 몸이

앞으로 쏠리는 것이랍니다.

반대로 차가 멈춰 있다가 갑자기 출발할 때 우리 몸은 순간 뒤로 젖혀집니다. 이것 역시 관성 때문이에요.

차가 멈춰 있을 때는 우리 몸도 함께 멈춰 있어요. 그러다 차가 움직여도 우리 몸은 여전히 멈춰 있으려고 하지요. 그래서 멈춰 있던 차가 갑자기 움직이면 우리 몸이 뒤로 확 젖혀지는 것입니다.

98 생활 미끄럼틀

미끄럼틀을 타고 나서 엉덩이가 뜨끈뜨끈해진 적이 있을 거예요. 이것은 미끄럼틀과 옷 사이에 생긴 마찰열 때문이에요.

물체가 어딘가에 붙어서 움직일 때는 그 움직임을 막으려는 힘이 생겨요. 이것이 '마찰력'이에요. 또 마찰력이 작용하면 열이 나게 되는데, 이때 생기는 열을 '마찰열'이라고 하지요. 추울 때 손을 비비면 따뜻해지는 것도 마찰열 때문이지요.

미끄럼틀은 엉덩이가 닿는 부분을 되도록 매끄럽게 만들어요. 마찰력을 작게 해서 마찰열을 줄이기 위해서지요. 만약에 엉덩이가 닿는 부분을

울퉁불퉁하게 만들면 마찰력이 더 커져서 엉덩이가 화끈화끈 달아오를지 몰라요.

수영장에서 미끄럼틀에 물을 흘려보내는 것도 마찰력을 작게 하기 위해서랍니다. 미끄럼틀에서 물이 흘러나오면, 미끄럼틀 위에 얇은 물막이 만들어져요. 그러면 미끄럼을 탈 때 엉덩이가 미끄럼틀과 직접 닿지 않고, 물에 닿아 미끄러지기 때문에 마찰력이 훨씬 줄어들게 되지요. 수영장 미끄럼틀에 물이 흐르지 않는다면, 긴 미끄럼을 탄 후 마찰열 때문에 수영복에 커다란 구멍이 뚫릴 거예요.

마찰력이 없어지면 어떻게 될까요?

99 생활 솜사탕은 어떻게 만들지?

솜사탕 먹는 걸 보면 진짜 솜을 뜯어 먹는 것처럼 보여요. 폭신한 솜사탕을 조금 떼어 입안에 넣으면 사르르 녹으면서 달콤한 맛을 내지요. 솜사탕은 설탕 가루로 만들거든요.

솜사탕 아저씨의 커다란 통 속 한가운데에는 설탕이 담긴 작은 그릇이 빙글빙글 돌고 있어요. 아저씨가 막대를 손에 쥐고 설탕이 담긴 작은 그릇 바깥쪽을 휘휘 돌리면 아무것도 없던 막대에 실 같은 것이 달라붙어 순식간에 커다란 솜사탕이 되지요. 꼭 마술처럼 보이지만 여기엔 재미난 과학이 숨어 있답니다. 설탕이 담긴 작은 그릇 아래쪽에는 뜨거운 열이 올라와 설탕을 끈적하게 녹여요. 녹은 설탕은 그릇이 돌고 있어서 그릇 바깥으로 나가려는 힘을 받지요. 그릇 옆구리가 뻥뻥 뚫려 있어 녹은 설탕이 구멍으로 솔솔 흘러나오게 되지요. 끈적한 설탕은 그릇에서 나오면서 식어 아주 가늘고 길게 늘어나요. 막대를 휘휘 돌려 실처럼 늘어난 설탕을 여러 번 감으면 부스스 부풀어 오른 달콤한 솜사탕이 된답니다.

같이 솜사탕
기계 구경하자!

100 생활

똥은 어디로 갈까?

우리가 집에서 마시고, 씻고, 빨래할 때 쓰는 수돗물을 '상수'라고 해요. 상수도관을 통해 집으로 온 물은 여러 갈래로 나뉘어서 주방으로도 가고, 화장실로도 가지요.

우리가 집에서 쓰고 버린 물은 '하수'라고 해요. 이렇게 더러워진 물은 하수도관을 따라 집 밖으로 나가요. 집 밖으로 나간 물은 여러 복잡한 과정을 거쳐 깨끗해진 다음 '하수 처리장'이라는 곳에 모이게 돼요. 하수 처리장에서는 물을 다시 한 번 깨끗하게 처리한 다음 강으로 흘려보내요. 하지만 화장실 변기에서 내린 물은 곧바로 하수도관으로 흘러가지 않고 '정화조'라는 곳에 모이게 돼요. 정화조에서 용변 찌꺼기를 거른 다음 몇 번 더 깨끗하게 처리하는 과정을 거쳐 하수도로 흘러가지요.

그럼 정화조에 남은 용변 찌꺼기들은 어떻게 될까요?

찌꺼기는 정화조에 고스란히 쌓여 점점 썩어요. 그래서 나중에 어느 정도 차오르면 말끔히 청소를 해 주어야 한답니다.

비행기 안에서 눈 똥은 어디로 가요?

똥과 오줌에 있는 물기는 우리가 마실 수 있을 정도로 깨끗하게 처리한 다음 아주 높은 하늘에서 바깥으로 뿌려요.
또 남은 찌꺼기는 바짝 말린 후 비행기가 땅에 착륙하면 버리지요.

우리가 가끔 보는 분뇨 수거차, 이른바 똥차가 바로 정화조에 쌓인 찌꺼기를 가져 가는 일을 하는 것이랍니다. 분뇨 처리장에 모인 똥 찌꺼기들은 여러 가지 처리를 한 다음 비료로 만들어 농사를 짓는 데 사용해요. 외국의 경우에는 사람과 동물의 분뇨를 모아 자동차를 움직이거나 난방을 하는 등 에너지로 사용하기도 한답니다.

이 책은 서울과학고등학교 선생님들께 감수를 받았습니다.

감수해 주신 선생님

- 강석철(서울대학교 지구과학교육 전공)
- 백승룡(서울대학교 생물교육 전공)
- 이순영(서울대학교 화학교육 전공)
- 홍기택(서울대학교 물리교육 전공)

글 최향숙, 신정민
그림 박수지, 박재현, 안은진, 조혜원, 홍성지

초판 1쇄 2012년 1월 1일
개정2판 10쇄 2022년 12월 1일

발행처 삼성출판사 **발행인** 김진용
등록번호 제1-276호
주소 서울특별시 서초구 명달로94
문의 (02)3470-6800

ISBN 978-89-15-09815-2 74800
ISBN 978-89-15-09811-4 74800 (세트)

어린이를 위한 **이야기 학습백과**

재미 100

왜
'재미 100'
시리즈야?

한국사, 문화, 예술 등
각 분야에서 재미있는 이야기
100개씩만 모았으니까!

얼른
읽어 봐야지!